Bernhard Vogel

Hans von Bülow

Bernhard Vogel

Hans von Bülow

ISBN/EAN: 9783744680509

Hergestellt in Europa, USA, Kanada, Australien, Japan

Cover: Foto ©Raphael Reischuk / pixelio.de

Weitere Bücher finden Sie auf **www.hansebooks.com**

Sammlung Göschen

Spanische Literaturgeschichte

von

Dr. Rudolf Beer

Lector der spanischen Sprache an dem romanischen Seminar
der k. k. Universität Wien

— —

Zweiter Band

Leipzig

G. J. Göschen'sche Verlagshandlung

1903

Spamersche Buchdruckerei, Leipzig.

Inhaltsübersicht

Von Juan II. bis zu den Habsburgern.

1. Die Sängerkreise unter Juan II. von Kastilien und Alfonso V. von Aragon.

Der Spielmann — dessen Sang, zum Teil bearbeitet, die geistlichen Skriptorien überlieferten, die Chroniken in Prosaauflösung aufnahmen —, der Geistliche, der Monarch oder die ihm nahestehenden Großen erscheinen in den bisher besprochenen Zeiträumen spanischer Literatur als Träger poetischen oder schriftstellerischen Schaffens. Unter Juan II. von Kastilien findet die Dichtkunst in einem neuen, weiteren Kreise reiche Pflege. Inmitten trostloser politischer und sozialer Verhältnisse, inmitten einer Anarchie, die das Ansehen von Thron und Altar erschütterte, erblühte ein literarisches Leben, das durch reichen Glanz, üppige Entfaltung und weite Ausbreitung in grellem Gegensatz zu den traurigen äußeren Verhältnissen des Staates stand. Es ist etwas übertrieben, wenn Puymaigre, der den Dichtern jener Zeit ein lesenswertes Buch gewidmet hat*), von einem poetischen „enivrement" spricht, „qui s'empara de la nation entière"; aber bemerkenswert erscheint, daß sich in den vielstimmigen Gesang, den, vom Monarchen angefangen, hohe geistliche und weltliche Würdenträger, Granden und

---

*) Puymaigre, Théodore Comte de: La cour littéraire de Don Juan II., Paris, 1873.

höfisch-geschmeidig gewordene Ritter ertönen ließen, auch
Krämer und Handwerker ihre Weise mischten. Die sanges-
freudige Schar holte sich die dichterische Anregung zunächst
von dort, wo sie am reichsten zu finden war, von den
italienischen Klassikern: Dante, Petrarca, Boccaccio hielten
ihren Einzug auf der iberischen Halbinsel. Gleichzeitig
läßt sich ein verstärkter Einfluß des altklassischen Schrifttums wahrnehmen, der die spanische Renaissance vor-
bereitete. Neben den Hauptzeugnissen für diese Einflüsse,
den Werken der damaligen Schriftsteller und Dichter,
dienen als wertvolle Belege die Privatbüchereien der
Granden, vor allem natürlich jener, die sich selbst literarisch
betätigten; die Bestände dieser Bibliotheken sind heute
noch vielfach, teils auf direktem, teils auf indirektem
Wege nachweisbar. Die Anfertigung von Handschriften
hatte zu keiner Zeit eine solche Ausdehnung gewonnen,
wie eben in der ersten Hälfte des 15. Jahrhunderts, bis
sie, wie anderwärts, so auch auf spanischem Boden, durch
die Buchdruckerkunst abgelöst wurde.*) Der geistige Verkehr mit dem Auslande blieb aber keineswegs auf die geschriebenen Sendboten, die in den Büchereien eintrafen,
beschränkt. Häufiger denn in früherer Zeit begeben sich
Prälaten und Kanonisten nach Italien; bereits auf dem
Konzil zu Konstanz spielte Spanien eine führende Rolle.**)
Noch bedeutender ist der Einfluß der spanischen Vertreter
bei der Baseler Kirchenversammlung, wo, nebenbei be-

---

*) Erster Druck auf der iberischen Halbinsel von Lambert
Palmer zu Valencia, 1474. Vergl. Haebler, Konrad: The early
printers of Spain and Portugal (Illustrated Monographs No. IV),
London, 1897. (Desselben Autors Bibliografía Ibérica del
siglo XV und Typographie Ibérique du quinzième siècle sind
eben erschienen.

**) Vergl. Fromme, Bernhard: Die spanische Nation und
das Konstanzer Konzil, Münster, 1894.

merkt, die gewaltige Persönlichkeit eines Alonso de Car=
tagena, Bischofs von Burgos († 1456), mit Enea Silvio
in vertrauten Verkehr trat. Andererseits ist es ein Spanier,
Juan de Segovia (vom Papst Felix V. zum Kardinal er=
nannt), dem wir das bedeutendste Geschichtswerk über das
denkwürdige Baseler Konzil (in lateinischer Sprache) ver=
danken. Die Summe der hier bloß angedeuteten Ein=
flüsse erweitert nicht nur den Kreis der Pfleger der Literatur,
sie beeinflußt auch die Hervorbringungen selbst in Form
und Inhalt. Der epische Langvers war im Schrifttum
längst vergessen, der mester de clerecia, die 4zeilige
Alexandrinerstrophe, aufgegeben worden; die Volkspoesie
wurde mit großer Geringschätzung behandelt. (Vergl.
weiter unten „Cancioneros und Romanceros".) Neben den
italienischen Einflüssen und der von dort geholten alle=
gorischen Form (Dante) sind als Muster die galicischen
Cancioneros maßgebend, welche die Abfassung vieler
kleinerer Gedichte (serranillas, villancicos, esparsas, can=
ciones u. s. w.) veranlaßten. Juan II. ging in der Be=
tätigung solcher dichterischer Kleinkunst voran, und dem
königlichen Beispiel folgt eine überraschend große Schar
von Dichtern und Dichterlingen. Aus der ersten Hälfte
des 15. Jahrhunderts sind uns Namen von mehr als
zweihundert Dichtern überliefert.

Einer der ältesten, Enrique de Villena (1384—1434),
fälschlich Marques de Villena genannt, ist durch seine
Persönlichkeit kaum minder als durch seine schriftstellerische
Tätigkeit merkwürdig. Noch schwankt sein Charakterbild
in der Geschichte; auch die Legende hat sich der eigen=
artigen Gestalt bemächtigt. Mehr Grübler als Dichter,
mehr Phantast als Philosoph, dabei sinnlichen Lebens=
freuden nicht abhold, ist er wohl auch der spanische Faust
genannt worden. Von hoher Abkunft — väterlicherseits

mit dem Hause Aragon, mütterlicherseits mit dem Hause
Kastilien verwandt —, hatte er natürliche Beziehungen
zu den beiden christlichen Hauptstaaten der iberischen Halb=
insel; er nimmt daher eine Art geistiger Zwitterstellung
ein, die sich auch in seinem Wirken und in seinen Schriften
nicht verleugnet.   Man tut aber unrecht, wenn man bloß
mit Rücksicht auf einen Teil seiner Schriften, die aller=
dings bemerkenswerte Zeugnisse für tollen Aberglauben
und Hinneigung zum Occultismus bilden*), über Villenas
Tätigkeit im allgemeinen den Stab bricht und so das
Auto de fé des Lope de Barrientos gutheißt, der im Auf=
trage Juan II. einen Teil der Bücher des „Magiers"
verbrannte.   Von solchem Urteil heben sich die wirklichen
Verdienste ab, die sich Villena, von Santillana als der
gelehrteste Mann seiner Zeit gepriesen, um das spanische
Schrifttum erworben hat.   Seine Übersetzungen des Vergil
(1428), die älteste spanische und, wenn wir von früheren
Kompendien absehen, die älteste in romanischen Sprachen
überhaupt, die (gleichfalls früheste) Übersetzung der Commedia Dantes, deren Original, mit Randnotizen des
Marques de Santillana versehen, erst kürzlich in der
Madrider Nationalbibliothek entdeckt wurde**), bilden
Marksteine in der spanischen Übersetzungsliteratur.   Die
Übertragung der Rhetorica ad Herenium („Rhetórica de
Tulio nueva") schließt sich den genannten an.   Unter den
selbständigen Werken Villenas seien zunächst Los doze
trabajos de Hércules — moralische Betrachtungen über

---

    *) Dorer, Edmund: Heinrich von Villena, ein spanischer
Dichter und Zauberer, Braunschweig, 1887. (Aus: Archiv f.
d. Studium d. neueren Sprachen, Bd. 77.) — Cotarelo y Mori,
Emilio: Don Enrique de Villena, Madrid, 1896. (S. 151 ff. Liste
der zahlreichen von Villena zitierten Autoren.)
    **) Schiff, Mario: La première traduction espagnole de
la Divine Comédie. Homenaje á Menéndez y Pelayo I, 269 ff.

das Leben in allegorisch=mythologischem Gewande — und
die Arte Cisoria erwähnt; letztere eine Art Vorschneide=
kunst, die uns der spanische Grande, der nach beglaubigten
Zeugnissen viel auf gutes Essen hielt, überliefert hat.
Die Arbeiten des Herkules (1417) waren ursprünglich in
katalanischer Sprache geschrieben, erst später ins Kasti=
lianische übersetzt worden. Auch die kleineren Gedichte,
die er zweifellos in seiner Jugend verfaßt hat, waren
gewiß katalanisch: Villenas Name fehlt in den spanischen
Cancioneros. Es ist überhaupt bezeichnend für das lite=
rarische Wirken Villenas, daß er Aragon und Kastilien,
die erst unter den katholischen Königen ihre politische
Vereinigung erhalten sollten, in ideeller Beziehung bereits
damals zu einigen suchte. Nach dem Vorbild der Blumen=
spiele zu Toulouse errichtete Villena in Barcelona*) eine
Akademie „der fröhlichen Wissenschaften" und trachtete, in
Kastilien eine ähnliche Einrichtung zu gründen. Dabei
wurde von ihm auf die provenzalische Kunst des Dichtens
hingewiesen. Von dieser primitiven Poetik: „El Arte de
trobar" haben sich einige Auszüge erhalten.

Weit bedeutender als Villena ist der Neffe des
Kanzlers Pedro López de Ayala, der Oheim des Marques
de Santillana, Fernan Pérez de Guzmán, der Herr von
Batres.**) Wenn auch kein Dichter von Gottesgnaden
— seine Verse sind oft nicht mehr als gereimte Prosa —
offenbart er in einigen Schöpfungen, besonders in den
Loores de los claros varones de España Würde, Weis=
heit und Kraft; er gibt „weniger Blüten als Früchte"

*) Denk, B. M. Otto: Einführung in die Geschichte der
altkatalanischen Literatur, München, 1893, 245 ff.
**) Auf diesem Herrensitze brachte er die letzten Lebens=
jahre zu. Jahr der Geburt (ca. 1378) und des Todes (1460?)
sind nicht sicher bekannt.

und erinnert durch sentenziösen Vortrag vielfach an Ayala. Von wirklicher Bedeutung ist Pérez de Guzmán als Geschichtschreiber, als Verfasser der Generaciones y Semblanzas.*) Diese bilden den dritten und einzig selbständigen Teil einer Kompilation unseres Autors, die unter dem Titel Mar de Historias zuerst in Valladolid 1512 gedruckt wurde. Die beiden ersten Teile über die Kaiser, die heidnischen und katholischen Fürsten, sowie über die Heiligen und Weisen, ihren Lebenslauf und ihre Werke, gehen wohl auf das Mare historiarum des Giovanni de Colonna zurück; vielleicht bildete eine französische Bearbeitung das Mittelglied. Die Generaciones sind ein Meisterwerk der Biographik: sie lehren die Menschen besser kennen — so urteilt Menéndez y Pelayo über sie und die claros varones Pulgars — als fast alle unsere Geschichtswerke zusammengenommen. Der plastischen Darstellung entspricht eine kräftige, eindringliche Schreibweise; so erhebt sich diese Porträtsammlung weit über die verschiedenen kleineren Dichtungen Pérez de Guzmáns, die sich in den Liederbüchern erhalten haben, und von denen nur die allegorische Coronación de las cuatro virtudes und die Proverbios (in 102 Coplas) Erwähnung verdienen.

Die Persönlichkeit, in welcher die literarisch und politisch reich bewegte Zeit Juan II. am deutlichsten zum Ausdruck kommt, ist Íñigo López de Mendoza, der erste Marqués de Santillana (1398—1458).**) Er betätigte

---

*) Nicht von ihm stammt die Crónica de D. Juan II, ebensowenig die Sentenzensammlung: Valerio de las historias escolásticas, ein Werk des Diego Rodríguez de Almela (aus dem Kreise Alonso de Cartagenas).

**) Gesamtausgabe seiner Werke von J. Amador de los Rios, Madrid, 1852.

sich in allen Dichtungsgattungen, die damals in Spanien
blühten, und ist, wenngleich kein dichterischer Genius
ersten Ranges, doch Meister dichterischer Technik. Auf=
schlußreich ist der literarische Apparat, mit dem López
de Mendoza arbeitete. Es ist zweifelhaft, ob er das
Lateinische völlig beherrschte; das Griechische war ihm
fremd. Gerade darin liegt die Ursache, daß er eifrig Über=
setzungen veranlaßte, so die eben erwähnte kastilianische
Übersetzung von Dantes Commedia durch Enrique de
Villena, ferner die der Aeneis Vergils, der Metamorphosen
Ovids, der Tragödien Senecas u. a. Auch Auszüge und
Übersetzungen aus Platons Phädon und der Iliade wußte
er sich zu verschaffen. Von der Bewunderung, die der
Marques für Dante hegte, zeugen seine eigenhändigen
Bemerkungen in dem Originalmanuskript der Villenaschen
Commedia=Übersetzung.*) War es auch nicht er, sondern
Micer Francisco Imperial, der Dante und den „género
italiano" in Spanien einführte, so überwog Santillanas
literarischer Einfluß weitaus den Imperials. Genauer
als die provenzalische Literatur kannte er die französische
Dichtung, natürlich nicht die alte des Volksepos; der
Marques besaß einen Prachtkodex des Romans de la Rose
und zitiert wiederholt Alain Chartier. Stattliche Reste
der erlesenen Bücherei des Granden haben sich erhalten
— jetzt in der Nationalbibliothek zu Madrid —, ein
wissenschaftlicher Wiederaufbau der Sammlung, der Amador

---

*) Vergl. S. 8, Anm. 2. Über Dante in Spanien
handelten zuletzt Savj=Lopez, Paolo: Dantes Einfluß auf
spanische Dichter des 15. Jahrhunderts, Neapel, o. J. und
Sanvisenti, Bernardo: I primi influssi di Dante, del Petrarca
e del Boccaccio sulla letteratura spagnuola, Milano, 1902.
Sanvisenti bietet in den Anmerkungen Angaben über die ein=
schlägige Literatur.

nicht gelang, steht zu erwarten.*) Ernste Studien auf
den eben angedeuteten Gebieten, frühzeitig gewonnene
Lebenserfahrung, mächtige Stellung (der Titel eines ersten
Marques de Santillana ward ihm 1445 für seine rühm=
liche Teilnahme an der Schlacht bei Olmedo) — aus
diesen Vorbedingungen entwickelten sich das ausgebreitete
dichterische Schaffen und die schriftstellerische Tätigkeit
Santillanas. In seinen Poesien lassen sich vornehmlich
drei Richtungen, die national=didaktische, die italienisch=
allegorische und die provenzalisch=höfische unterscheiden.
Santillanas Prosawerke sind gering an Zahl, jedoch nicht
ohne Belang. Von großer Wichtigkeit für die ältere
spanische Literatur im allgemeinen, für die damalige
Auffassung der Poetik im besonderen, ist der Proemio
e carta que embió al condestable de Portugal con obras
suyas. Santillana entwickelt hier seine Auffassung von
dem Wesen der Poesie und liefert uns u. a. ein bezeich=
nendes Zeugnis für die Geringschätzung, die man in den
höfischen Kreisen für die volkstümliche Dichtung hatte.
Gleichzeitig bietet er darin eine Liste der ihm bekannten
altspanischen Dichter. Unter den übrigen Prosa=Reliquien
sind namentlich die Refranes que dicen las viejas tras el
fuego bemerkenswert: eine der ältesten Sprichwörter=
sammlungen in den romanischen Literaturen, von San=
tillana angelegt, wohl auch stilistisch bearbeitet. Die
Sprüche selbst sind gewiß dem Volksmund entnommen. —
Unter den poetischen Werken Santillanas sind die Liebes=
gedichte die frühesten; besonders hoch geschätzt und eingehend
erläutert wurden die Proverbios (vergl. Bd. I, S. 122, 131).
In formeller Beziehung ist zu bemerken, daß Santillana

---

*) Von Marius Schiff, der in seinem Aufsatz über das
Manuskript der Dante=Übersetzung Villenas bereits eine gute
Probe lieferte.

als der erste das italienische Sonett und zugleich den Elf=
silbler in die spanische Dichtung einführte. Ferner hat er,
der über die volkstümliche Poesie so absprechend urteilte,
gerade in seinen Serranillas und Villancicos („La Va-
quera de la Finojosa") den volkstümlichen Ton vorzüglich
getroffen und durch sie den meisten Ruhm gewonnen. Die
Liebeslieder: El Sueño, el Triumphete de Amor, el
Infierno de los Enamorados zeigen italienischen Einfluß
(Dante, Petrarca). Dante inspiriert auch die Coronación
de Mosén Jordi und el Planto de la Reyna Doña Mar-
garita. Die Comedieta de Ponza, die eigentlich nichts
Dramatisches an sich trägt, enthält breit ausgesponnene
Betrachtungen verschiedener Personen, die der Dichter in
allegorischer Vision erblickt. Vier vornehme Frauen drücken
ihre Trauer über die Niederlage der Spanier bei der Insel
Ponza*) aus, und kein Geringerer als Boccaccio tröstet
sie. Dramatischer bewegt als die Comedieta ist der
Diálogo de Bias contra Fortuna, lehrhaften Inhalts, wie
schon aus dem Titel erhellt; Fortuna und Bias werden
sprechend eingeführt. Neben dem Bias gehört der Doctrinal
de privados zu den bedeutendsten Werken des Dichters.
Der Stolz des spanischen Granden kehrt sich gegen
Alvaro de Luna, den einst allmächtigen Günstling
Juan II. Santillana ist und bleibt bis zu Alvaros Sturz
dessen unversöhnlicher Feind, und das, was der Spanier
Hidalguia nennt, sein adelsstolzer, ritterlicher Sinn, findet
auch hier sprechenden Ausdruck. Alvaro de Luna er=
scheint selbst, erzählt von seiner glänzenden Vergangenheit
und seinem traurigen Fall. Was nützt, fragt Alvaro,
dem Günstling all sein Reichtum — das Schafott er=
wartet ihn.

*) Bei Gaeta, wo 1425 die Genuesen einen Sieg über
Alfons V. von Aragon erfochten.

Selbst bei der größten, poetisch betätigten Bewun=
derung für die italienischen Meister bleibt Santillana
kastilianischer Fürst.   Der Zauber der fremden Dichtung
überwältigt ihn lange nicht in dem Maße wie Juan de
Mena (1411—1465), der ganz im Banne der italie=
nischen Dichtung steht.   Erst in reiferen Jahren poetisch
fruchtbar hat Mena in Rom selbst Dantes und Petrarcas
Schöpfungen auf sich wirken lassen, und dieser Einfluß ist
neben dem der klassisch=römischen Literatur für die Folge bei
ihm maßgebend geblieben.   Freilich hat Mena, ein einfacher
Schriftsteller fast im modernen Sinne des Wortes, nach
außen keinen so großen Wirkungskreis wie etwa Santillana;
doch verschafften ihm seine Kenntnisse, namentlich in der
lateinischen Sprache, an dem kastilianischen Hofe die ehren-
volle Stelle eines Secretario de cartas latinas.   Mit dieser
Stelle verband sich die dauernde Gunst Juan II., die sich
auch in der Ernennung Menas zum königlichen Chronisten
äußerte; die ersten Granden des Reichs, der Marques de
Santillana, auch dessen politischer Gegner, Alvaro de Luna,
ehrten ihn durch ihre Freundschaft.   Von den Prosawerken
Juan de Menas ist der Kommentar zu seiner Dichtung
„La Coronacion" und seine „Iliada" bekannt geworden;
letztere keine eigentliche Übersetzung, sondern ein Kom=
pendium, das übrigens, namentlich in der an Juan II.
gerichteten Vorrede, durch unerträglichen Schwulst abstößt.
Fast in allen Schriften Menas machen sich zahlreiche
Neologismen und Latinismen unangenehm bemerkbar.
Unter seinen Schöpfungen in gebundener Rede heben sich
die in den Cancioneros befindlichen kleineren Dichtungen
kaum von den übrigen Gelegenheits=Machwerken dieser
Sammlungen ab.   Ein zutreffenderes Bild seiner poe=
tischen Eigenart gibt die ebenerwähnte Coronacion, eine
allegorische Vision in unverkennbarer Anlehnung an Dante,

eine Reise zum Parnaß, auf dem der Dichter der Krönung des Markgrafen von Santillana, des Dichters und Helden, beiwohnt. Die Siete pecados mortales (die sieben Tod= sünden, in den Handschriften auch Debate de la Razón contra la Voluntad betitelt), sind gleichfalls eine Allegorie, jedoch mit ausgesprochen lehrhafter Absicht. Menas Haupt= werk ist der Laberinto, auch Las Trecientas (nach der Zahl der Stanzen) genannt. Der Einfluß Dantes — neben sehr deutlichen Anklängen an Lucan in Einzel= heiten — ist hier offenkundig; der Dichter trifft Vor= bereitungen zu einer Wanderung durch einen Wald, in dem verschiedene Raubtiere ihn bedrohen; in Gestalt eines schönen Weibes naht ihm die Providencia, verspricht ihm Führung und bei dieser auch Erklärung der dunklen Geheimnisse des Lebens. Zu diesen gehören die drei Schicksalsräder im Mittelpunkt von fünf Kreisen. Das Rad der Vergangenheit und der Zukunft ruht, stets dreht sich das Rad der Gegenwart. Auf jedem Rade beein= flussen die sieben Kreise der sieben Planeten das Schicksal der Menschen; die Charaktereigenschaften hervorragender Sterblicher werden von der Führerin erklärt. Die Ähnlich= keit mit der Commedia, namentlich mit dem Paradiso, ergibt sich von selbst, doch darf der Schöpfung sachliche Selb= ständigkeit nicht abgesprochen werden; einzelne Stellen sind von wahrhaft poetischem Schwung.

Dem Schriftstellerkreise, der sich um Juan gruppierte, angehörig und nicht bloß wie die Mehrzahl jener In= geniós nur durch Gelegenheitsgedichte und kurze Poesien in höfischer Art bemerkenswert, sind ferner Juan Rodriguez del Padrón (de la Cámara)*) und Mosén Diego de Valera.

---

*) Obras de Juan Rodriguez de la Cámara (ó del Padron). Publícalas la Sociedad de Bibliófilos Españoles. (Ausgabe, be=

Rodriguez del Padrón ist einer der letzten eigentlichen Troubadours, auf den die galicische Schule Einfluß geübt hat. Bei ihm kam die gelehrt reflektierende, nach klassischen und italienischen Mustern arbeitende Richtung nicht so zum Durchbruch wie etwa bei Juan de Mena. Rodriguez stellt sich eher dem durch seine Liebesabenteuer und sein romantisches Ende berühmten galizischen Dichter Macias*) an die Seite, von dem eine Reihe vorwiegend galicisch verfaßter erotischer Poesien in den Cancioneros erhalten sind. Ebenso wie von Macias werden auch von Rodriguez eine ganze Reihe abenteuerlicher Geschichten aus seinem Hof= und Liebesleben erzählt; einige davon sind von ihm selbst in dem Siervo libre de amor angedeutet.

Rodriguez, Galicier von Geburt, war etwa 1430 an den Hof Juan II. gekommen und in intime Beziehungen zu einer Dame von hoher Herkunft getreten, zu derselben, die einen Teil seiner Gedichte inspirierte und auch in dem Siervo eine Rolle spielt. Aus einer Andeutung in einem seiner Gedichte wollte man schließen, daß er den Kardinal Cervantes zum Konzil nach Basel begleitete, doch kann an der bezeichneten Stelle Basel, ein damals oft genannter Ort, auch ganz allgemein für eine entfernte, unwirtliche Stadt gesetzt worden sein, wie etwa heute ganz gewöhnlich San Petersburgo.**) Während Rodriguez in den zuerst bekannt gewordenen Poesieen höfischer Dichter bleibt, haben die jüngsten Funde, wie Rennert und Baist zeigten, ihn als Meister volkstümlicher

sorgt von Antonio Paz y Mélia.) Madrid, 1884. — Rennert, Hugo, Albert: Lieder des Juan Rodriguez Padron. Zeitschrift für romanische Philologie XVII (1893) 544 ff.

*) Rennert, Hugo Albert: Macías, o namorado. A Galician trobador. Philadelphia, 1900.

**) Soviel ich sehe, kommt Rodriguez del Padróns Name in den mir vorliegenden Akten des Basler Konzils nicht vor.

Romanzenpoesie erwiesen. In den Prosaschriften liebt er es, mit seiner Kenntnis der Werke römischer, griechischer und italienischer Autoren zu prunken; mit den damals so beliebten Ritterbüchern war er wohlvertraut, und auf dem Gebiete der Genealogie galt er als Autorität. Die Schriften, in denen er diese literarische Ausbildung verwertete, sind der erwähnte Siervo libre de amor, der Triunfo de las Donas und die Cadira de Honor. Der Siervo, der Sklave, eine der wenigen spanischen Novellen des 15. Jahrhunderts, enthält im ersten Teile eine allegorische Autobiographie, Selbstbekenntnisse aus dem Liebesleben des Dichters, im zweiten die Geschichte der beiden Liebenden Ardanlier und Liessa, wohl mit Anspielungen auf Selbsterlebtes, doch im wesentlichen Werk eigener Erfindung. Die Vita nuova, die Fiametta, der bretonische Sagenkreis, endlich auch Amadis de Gaula haben hier angeregt. Mehr didaktischen Inhalts sind der Triunfo — eine von jenen zahlreichen Schriften des ausgehenden Mittelalters, die sich mit den Vorzügen (oder auch Fehlern) der Frauen beschäftigen — und die Cadira, ein genealogisch=heraldisches Werk, auf Wunsch einiger Granden des Hofes verfaßt.

Auch Mosén Diego de Valera, zu Cuenca 1412 geboren, bietet ein Beispiel für das abenteuerliche Leben der damaligen Literaten; sein realistischer Sinn ließ ihn aber nicht in erotische Schwärmereien verfallen. Aus seinem reich bewegten Leben seien seine Teilnahme an den Kämpfen in Deutschland und Böhmen gegen die Kalixtiner, ferner seine Reisen nach Frankreich und sein Anteil an den Staatsgeschäften seit 1441 erwähnt. Wir besitzen von ihm eine Reihe von Briefen, die seinen politischen Scharfblick erweisen, ferner unter dem Titel: Memorial de diversas hazañas eine Chronik der Zeit Enrique IV. und als Hauptwerk die Cronica de España y Cronica abreviada, die der Siebzigjährige Isabella der Katholischen widmete. Als erste Cronica general, welche durch die — auch von Valera hochgerühmte — Buchdruckerkunst in Spanien Verbreitung fand, wurde das, zwar auf Alfons X. Chronik fußende, aber durch Aufnahme von allerhand abenteuerlichen Geschichten entstellte Werk bald in weiten Kreisen bekannt. Außerdem stammen von Valera noch einige andere geschichtliche und genealogische Werke, endlich verschiedene lehrhafte Versuche, unter denen die Providencia contra Fortuna am meisten verbreitet war. Seine Gedichte, in verschiedenen Cancioneros verstreut, sind gering an Zahl und Wert. —

Der literarische Hof Juan II. hatte bereits seine Blüte erreicht, als Alfons V. von Aragon in Neapel einzog (1443) und auch um seine Person eine Zahl von Dichtern zu versammeln begann, die durch ihn Anregung und Unterstützung fanden. Zum erstenmal trat das spanische Volk durch zahlreiche, zum Teil geistig bedeutende Vertreter mit dem italienischen in engeren Verkehr. Abgesehen von gewissen kanonistischen Beziehungen zwischen Rom, Bologna und Padua einerseits und den geistigen Zentren Spaniens andererseits, sowie vereinzelten Reisen von Spaniern nach Italien (s. o. S. 6) war die geistige Berührung beider Länder bisher ziemlich belanglos gewesen. Durch Alfons V. Eroberung von Neapel begann die Hispanisierung Süditaliens, die im Laufe der nächsten Dezennien erhebliche Fortschritte machte. Für die Bedeutung dieser nicht nur politischen, sondern auch sprachlich-literarischen Eroberung liegen vielfache Zeugnisse vor.*)

---

*) Alfons V. (der ein aufgeschlagenes Buch in seinem Wappen führte) und sein Nachfolger Ferdinand I. legten eine

Alfons V., der als reifer Mann den italienischen Boden
betrat, ist stets, auch in dem fremden Lande, Spanier
geblieben; von seiner Italianisierung zu sprechen, ist
ebenso unrichtig, wie die Meinung, daß er erst in Italien
in die Elemente humanistischer Bildung eingeweiht worden
sei. Das muß festgehalten werden, wenn man die Beziehungen Alfonsos zu Niccolò de'Tudeschi, Francesco
Filelfo, Lorenzo Valla, Enea Silvio u. a. richtig würdigen
will. Diese Vertreter des italienischen Humanismus, von
Alfons fürstlich unterstützt, hatten naturgemäß unmittel-
baren Einfluß auf die Erweiterung des Gesichtskreises
des Fürsten und seines Hofs nach der klassischen Richtung
hin, doch keineswegs so weit, daß bei ihm heimische
Sprache und heimischer Sang in Vergessenheit geraten
wäre. Des Königs Gefolge — nicht bloß Aragonesen
und Katalanen, sondern auch Kastilianer —, durch die
neuen Eindrücke angeregt, hat die heimische Poesie auf
den fremden Boden verpflanzt und eine Sangesgenossen-
schaft gebildet, die von jener Juan II. nicht wesentlich verschieden war. Allerdings hatten die Träger der Dichtkunst
an dem Hofe Alfons V. keine solche literarische Bedeutung
wie etwa Santillana und Mena an dem Hofe Juan II.
Lope de Stúñiga, Carvajales, Juan de Tapia, Arguello,

---

reichhaltige Bücherei an, von der heute noch kostbare Reste in
verschiedenen öffentlichen Sammlungen, besonders in der Nationalbibliothek zu Paris, aufbewahrt werden. Vergl. Mazzatinti,
Giuseppe: La biblioteca dei re d'Aragona in Napoli. Rocca
S. Casciano, 1897. Wertvolle Beiträge zur Kenntnis der
spanisch-italienischen Beziehungen lieferte Croce, Benedetto:
La corte Spagnuola di Alfonso d'Aragona a Napoli, 1894.
(Vol. XXIV der Atti dell'Accademia Pontaniana di Napoli),
ferner La Lingua Spagnuola in Italia, Roma, 1895, endlich
in den von Farinelli, Rassegna Bibliografica VII, 1899, besprochenen Arbeiten.

Sucro de Ribera treten uns als Sänger des Alfonsinischen Hofes mit kleineren Dichtungen entgegen; von ausgebreiteterem schriftstellerischem Wirken der Genannten ist nichts bekannt. Im übrigen vergleiche man den späteren Abschnitt über Cancioneros und Romanceros.

2. Die katholischen Könige.

Die durch Juan II. und seinen Dichterkreis gebotenen Anregungen waren kräftig genug, um während der überaus traurigen zwanzigjährigen Regierungszeit Enrique IV. (reg. 1454—1474) fortzuwirken; die geistige Bewegung, die durch Juan II. Zeitalter geht, setzt sich fort und empfängt, nachdem jene Periode völliger Anarchie überwunden war, durch die kraftvolle Herrschaft der katholischen Könige neue Nahrung.

Unter Isabella von Kastilien (reg. 1474—1504) beginnt eine Wiedergeburt des Staatswesens, eine Reform von Rechtspflege und Verwaltung. Hierzu bedurfte es größter Energie; Milde und Duldung sind nicht Züge im Charakter der mächtigen Monarchin. Was man aber ihrem Eifer dankte, zeigt deutlicher denn alles andere das Beispiel Colons. Auch den literarischen und wissenschaftlichen Bestrebungen im allgemeinen wurde unter solchem Leitstern reiche Pflege zuteil. Die Königin verfügte selbst die Abfassung verschiedener Werke; Grammatiker und Philologen widmeten ihr Wörterbücher, lateinische wie kastilianische Sprachwerke und Übersetzungen von Schriften fremder Autoren, Historiker ihre Chroniken, Naturforscher anthropologische Werke, Mathematiker ihre astronomischen Tabellen. Die Königin war tatsächlich die erste Büchersammlerin des Landes; ihre Bibliothek, mehrere hundert Handschriften umfassend, läßt sich noch

heute durch die erhaltenen Kataloge feststellen*) — ja
sogar die Handexemplare der Monarchin sind bekannt.
Nach der Turmuhr des Palastes richtet man die Zeiger
der Uhren im Lande. Wie zur Erziehung und Aus=
bildung der Prinzen des königlichen Hauses die hervor=
ragendsten Lehrer berufen wurden, so vertauschten die
Granden eifriger als je das Schwert mit der Feder,
suchten Ruhm auf dem wissenschaftlichen Felde, wo sie
lernten, ja auch lehrten. Gutierrez de Toledo (ein Alba),
Pedro Fernandez de Velasco, Alfonso Manrique wirkten
an der Hochschule Alcalá. Töchter gräflicher Häuser
durften in Salamanca und Alcalá öffentliche Vorlesungen
halten; die berühmte Doña Beatriz Galinda, genannt
La Latina, war die Lehrerin Isabellas in der lateinischen
Sprache. Dieses Idiom war denn auch Gegenstand weit
ernsteren Studiums als bisher; statt gelegentlicher Über=
setzungen findet man nun methodische Pflege der klassischen
Literatur, für die als einziges sprechendes Zeugnis hier
nur die gegen Ende des Jahrhunderts wiederholt auf=
gelegten Wörterbücher des Antonio de Nebrija angeführt
werden mögen. Auch im allgemeinen wurde das literarische
Rüstzeug ansehnlich vermehrt, und die Herrensitze wett=
eiferten nun mit den Klöstern in der Sammlung kostbarer
Handschriften; auf diesem Gebiete entwickelte sich gerade
unmittelbar vor der Einführung des Buchdrucks (vergl.
oben S. 5, Anm.) eine fieberhafte Tätigkeit. Wie in
der ersten Hälfte des Jahrhunderts Santillana, Alvar
Garcia und Pablo de Santa Maria (in Burgos), Graf

---

*) Die für die Kenntnis der damals verbreiteten Literatur=
werke wichtigen Verzeichnisse wurden mit Erläuterungen heraus=
gegeben von Clemencin, Diego: Elógio de la Reina Católica
Doña Isabel in den Memorias de la Real Academia de la
Historia, VI (1821), Ilustración XVII: Biblioteca de la Reina.

Pimentel (in Benavente) ansehnliche Büchereien anlegten, so ist in der zweiten Hälfte neben der Bibliothek der Königin die von Gomez Manrique, vor allem die Pedro Fernandez Velascos, Grafen von Haro, bemerkenswert.*)

Unter solchen Bedingungen bereitet sich während der Regierung der katholischen Könige das goldene Zeitalter der spanischen Literatur vor. Doch haben wir nicht eine Periode bloßer Aussaat vor uns: den Größen der spanischen Kaiserzeit, Boscán, Garcilaso, Mendoza, Villalobos, Guevara, Valdés, Pérez de Oliva stehen während dieser sogenannten Vorbereitungsperiode die beiden Manrique, Pulgar, Juan del Enzina u. a. gegenüber. Amadis und die Celestina finden eine durch den Buchdruck begünstigte, bis dahin unerhörte Verbreitung. Nur die wichtigsten literarischen Erscheinungen dieser Zeit können im nach= folgenden besprochen werden.

Ein Zeichen der staatlichen und sozialen Verwirrung, die unter Enrique IV. herrschte, ist es, daß die politische Satire gepflegt wurde. Zwei Proben derselben sind zu erwähnen: die Coplas del Provincial und die Coplas de Mingo Revulgo, beide anonym, beide die Zeitverhältnisse geißelnd, dem Vortrag und Inhalt nach aber wesentlich verschieden. Die erstgenannten Coplas sind persönlich, frech, ja unverschämt**) — der Autor greift in denselben Mitglieder des Adels, des Klerus, insbesondere aber (in einem eigenen Abschnitte) die Frauen in unerhörter Weise

---

*) Paz y Mélia, Antonio: Biblioteca fundada por el Conde de Haro en 1455, Revista de Archivos 1897, 18 ff. (vergl. auch Jahrg. 1890 u. 1902).

**) Die Abfassung fällt in die Jahre 1465—1474. Erster Druck von Foulché Delbosc, R.: Notes sur Las Coplas del Provincial, Revue Hispanique V. (1898) 255—266, VI. (1899) 417—446, wo auch eine Nachahmung dieses Pamphlets mit= geteilt wird.

an und sagt ihnen die unglaublichsten Dinge nach —,
die Coplas de Mingo Revulgo sind dagegen ernst, lehrhaft,
allegorisch. Die Form des Dialogs leitet entfernt zu
Enzina über.

Von den namhafteren Schriftstellern jener Zeit reiht
sich hier, da wir von der Satire sprechen, am besten gleich
Antón de Montoro, „el Ropero de Córdoba" an. Der
Beiname ist keineswegs sinnbildlich zu fassen, da er wirklich
seines Zeichens Flickschneider war. Emsige Arbeit, ein=
fache Lebensführung mag zum gesunden Witz seiner halb
volkstümlichen, halb kunstmäßigen, manchmal epigram=
matisch zugespitzten Dichtungen beigetragen haben.*)
1404 in der Provinz Córdoba geboren, war er ein ge=
taufter Jude; dieses Ursprungs gedenkt er noch in einer
Dichtung, die er im Alter von 70 Jahren an die katho=
lische Königin gerichtet hat. Sein Handwerk gab ihm
wiederholt Anlaß zu scherz= und ernsthaften Bemerkungen;
er griff, eine Art Vorläufer von Hans Sachs, nachdem
er die Nadel eifrig gehandhabt hatte, zur Feder.**) Das
erste datierbare Gedicht Montoros stammt aus dem Jahre
1447; er hat weit mehr geschrieben, als uns in den ver=
schiedenen Cancioneros überliefert ist, aber das Erhaltene
genügt, um in ihm einen Dichter von klarem Geist und
scharfem Blick zu erkennen, der sich von politischem Streit
ebenso fernhielt wie von müßiger Liebeständelei: „quizás

---

*) Erst in der jüngsten Zeit hat eine Ausgabe von 146
der kleinen Schöpfungen dieses merkwürdigen Dichters genaueren
Einblick in sein Schaffen vermittelt: Cancionero de Antón de
Montoro (el Ropero de Córdoba), poeta del siglo XV., reunido
por Emilio Cotarelo y Mori, Madrid, 1900.

**) „Da das Dichten die Habe nicht mehrt und auch nicht vor=
wärts bringt, bleibe Ehre dem Fingerhut und Dank der Nadel."
„Pues non cresce mi caudal — el trovar nin da más puja;
adoremoste, dedal -- gracias fagamos, aguja."

el poeta más simpático en todo el Parnaso castellano del siglo XV" („er ift wohl der ſympathiſcheſte Dichter auf dem ganzen ſpaniſchen Parnaß des 15. Jahrhunderts") bemerkt Cotarelo.

Zu höfiſchen und ritterlichen Formen führt uns die Dichtung von Montoros Zeitgenoſſen Juan Alvarez Gato. Madrider von Geburt, altem Geſchlecht entſproſſen und noch von Juan II. 1453 zum Ritter geſchlagen, hat er, wie Montoro, unter Enrique IV. wie auch unter den katholiſchen Königen gelebt und gedichtet und iſt nach 1495 geſtorben. Gatos Dichtungen ſind uns in einem ſelbſtändigen handſchriftlichen Cancionero aufbewahrt*) und ſcheiden ſich in zwei Teile; der erſte umfaßt die „Liebes=, Sünder= und Jugendlieder", der zweite „Ver= nünftige, geiſtliche, vorteilhafte und beſchauliche Dinge". Die Liebeslieder ſind geiſtvoll und anmutig; eine lebhafte Phantaſie, ein prickelnder Vortrag erſetzt wirkliche Em= pfindung, eine leichte Ironie ſchwebt über manchen ſeiner Lieder, auch über ſolchen aus der Jugendzeit. Mit dem Marques de Santillana trifft er in glücklicher Nachahmung volkstümlicher Weiſen zuſammen.

Eine der bedeutendſten dichteriſchen Geſtalten jenes Zeitraums iſt Gómez Manrique. Lange Zeit faſt nur durch einige, in den Cancioneros generales überlieferte Dichtungen bekannt, tritt uns nunmehr das dichteriſche Schaffen des Meiſters durch die Entdeckung der Hand= ſchriften ſeines Liederbuchs und die treffliche Publikation desſelben in ihrer ganzen Größe entgegen.**) Tatſächlich

---

*) Cancionero inédito de Juan Alvarez Gato, poeta madrileño del siglo XV. Madrid, 1901.

**) Cancionero de Gómez Manrique. Publícale con al- gunas notas Antonio Paz y Mélia, Madrid. 1885. 2 Bde. (Colección de ecritores castellanos, XXXVI, XXXIX.)

laffen sich ihm, was wahrhafte Begabung anlangt, unter
den spanischen Dichtern des 15. Jahrhunderts nur Santillana und Mena an die Seite stellen. Etwa um das
Jahr 1412 geboren, verlebte er eine überaus bewegte
Jugend und betätigte sich schon in frühester Zeit an den
inneren und äußeren Kämpfen, die das Land erschütterten.
Unter Juan II. Gegner Alvaro de Lunas, mit Enrique IV.
bald zerworfen, erscheint er faft wie einer jener zahlreichen
Bandenführer, die in der schrecklichen Zeit ihr Unwefen
trieben; aber sein gefundes Wefen und sein staatsmännisch
geschärfter Blick ließen ihn schon in früher Zeit für die
Infantin Isabella Partei nehmen, und er trug nicht wenig
zu ihrer Verbindung mit Ferdinand von Aragon bei.
Gómez Manrique starb Ende 1490 oder Anfang 1491.
Sein Teſtament ist vom 31. März 1490 datiert; in dem
gleichfalls noch erhaltenen Inventar seines Besitzes kenn-
zeichnen prächtige Gobelins und eine erlesene Bibliothek
den Erblaffer als Kunst= und Bücherliebhaber. Sein
Cancionero umfaßt 108 Poesien: geschickt versifizierte
Liebeslieder, galante Einfälle, Glückwünsche und Scherz=
gedichte, diese freilich nicht von so gelungener Würze wie
die Montoros. An diese kleineren Schöpfungen schließen
sich lehrhafte Gedichte, die von edlem Schwung getragen
sind: der Einfluß des von Gómez Manrique bewunderten
Markgrafen Santillana ist hier unverkennbar. Der
„Planto de las virtudes ó Poesia", ein Gedicht, das er
1458 dem dahingeschiedenen Markgrafen widmete, ist eine
der umfangreichsten Schöpfungen Manriques; die darin
enthaltenen Allegorien und Visionen weisen auf Dante,
der lehrhafte Ton auf Santillana. Auch in den Coplas
für Diego Arias, die in schwermütigen Weisen die Ver-
gänglichkeit irdischer Größe künden, eine der besten Schöpfungen unseres Dichters, ferner in den Coplas del mal

gobierno de Toledo und in dem Regimiento de príncipes
zeigt sich der Einfluß desselben Meisters. Außer lyrischen
und didaktischen Dichtungen sind uns auch dramatische
Schöpfungen Gómez Manriques erhalten, die freilich nicht
über die einfachen szenischen Versuche jener Zeit hinaus=
gehen. Eine Representación behandelt die Geburt des
Herrn und die Anbetung der Hirten in der Art des litur=
gischen Dramas der alten Zeit, ist demgemäß auch in
schlichter Sprache gehalten. Außerdem stammen von
Manrique dialogische Lamentationen für die Karwoche;
endlich auch zwei kleine dramatische Kompositionen, so eine,
in der die neun Musen einem Infanten bei seinem Geburts=
tage seine Geschicke verkünden; bei der Darstellung nahmen
die Infantin Isabella und die Damen ihres Hofes teil.
An sich nicht bedeutend, sind diese Versuche gleichwohl
wichtig als Vorläufer der Schöpfungen Juan del Enzinas.

Gómez Manriques Neffe Jorge, der wie jener am
Hofe Juan II. weilte und an den Kämpfen des Landes
teilnahm, fiel in blühendem Mannesalter, 1479, in einem
Gefecht gegen Aufständische zu Barcelona. Von zahl=
reichen kleineren Gedichten minderen Wertes, die uns er=
halten sind — Liebesliedern, in denen ein traurig=düsterer
Ton vorwaltet — unterscheidet sich vorteilhaft eine um=
fangreiche Elegie auf den Tod seines Vaters Rodrigo
Manrique, Markgrafen von Paredes. Diese Coplas, in
einfach kräftiger Sprache vorgetragen, zeugen von er=
greifender Tiefe und Innigkeit des Gefühls und erheben
sich zu seltener Gedankenfülle; das Weh des Leidtragenden
löst sich in dem allgemeinen Schmerz über die Vergänglich=
keit alles Irdischen auf. Das weitberühmte Gedicht ist
in unzähligen Ausgaben erschienen, sehr häufig mit Glossen
versehen worden und wurde von Longfellow formvollendet
ins Englische übersetzt.

An die beiden ebengenannten Sterne erster Größe reiht sich in einigem Abstande der 1413 zu Sevilla geborene Pedro Guillén de Segovia (dies sein Aufenthaltsort). Sein Cancionero bietet dem Inhalt nach etwa die Durchschnittsdichtung jener Zeit: Liebeslieder, moralische Betrachtungen und andächtige Stimmungsbilder, politische Gelegenheitsgedichte, poetische Wettkämpfe u. a. m. Von der Schablone weicht er in seinem Discurso de los doce estados del mundo ab, in dem er die verschiedenen Berufe: Fürst, Prälat, Ritter, Mönch, Bürger u. s. f. behandelt und zu satirischen Streiflichtern auf die Gesellschaft Gelegenheit findet. Als unabhängiger Beobachter zeigt ihn auch sein Gedicht auf den Tod Alvaro de Lunas, eine Art Apologie dieses Bestgehaßten.

Aus der nicht kleinen Schar der übrigen höfischen Dichter jener Zeit seien noch Garci Sanchez de Badajoz, der Verfasser des Infierno de Amor, endlich als einer der Spätesten Rodrigo Cota erwähnt. Cota wurde vielfach, jedoch ohne zutreffende Begründung, als Verfasser des ersten Aktes der Celestina und der Coplas de Mingo Revulgo genannt. Wirklich ihm gehörend ist der dramatisch lebensvolle Diálogo entre el Amor y un Viejo, ein in gefälligen Versen vorgetragener Preis der Allmacht der Liebe. —

Gilt die Schöpfung des dem Geiste eines Volkes gemäßen Dramas mit Recht als Krone längerer, von ebendemselben auf anderen Gebieten dichterischen Schaffens geübter Tätigkeit, so darf das Zeitalter Isabella der Katholischen sich rühmen, zu solcher Krönung verholfen zu haben. Handelt es sich hier auch nur um die ersten Versuche, so sind diese gleichwohl die Vorbereitung zu einem Phänomen, das in der Geschichte der Weltliteratur einzig dasteht.

Der schon genannte Juan del Enzina gehört rücksichtlich der bedeutendsten Periode seines Schaffens dieser
Zeit an.*) 1469 in oder bei Salamanca geboren, besuchte er die Salmantiner Hochschule und war vielleicht
Schüler des berühmten Antonio de Nebrija. Die klassische
Bildung, die er dort erhielt, war namentlich für ein
Gebiet seines Schaffens von besonderer Bedeutung.
Zwischen dem 14. und 25. Lebensjahr verfaßte er die
meisten Gedichte seines Cancionero, wie er dies selbst in
der an die katholischen Könige gerichteten Widmung
angibt. In die nämliche Zeit fällt seine Ausbildung in
der Musik, die ihm bei den Kompositionen zu seinen
Dichtungen so sehr zu statten kam. Bei der Darstellung
seiner szenischen Schöpfungen, die, von 1492 angefangen,
im Schlosse Alba (Alba de Tormes), vor dem Infanten
Juan, und in Rom aufgeführt wurden, war er als Leiter
tätig. Nicht ohne Einfluß auf sein späteres Schaffen
wurde seine Reise nach Rom (etwa 1499), wo er sich
der Gunst der Päpste Alexander VI. und Leo X. er-
freute und vielleicht Sänger (nicht Leiter) der päpstlichen
Kapelle wurde. Zuerst mit einer Pfründe der Kathedrale
Salamanca bedacht, dann Archidiakonus von Málaga,
hat er bis in die reiferen Mannesjahre sich um diese
seine kirchlichen Würden nicht allzuviel gekümmert, ein
ziemlich weltliches Leben geführt, meist in Rom gelebt.
Als Fünfziger entschloß er sich, seinem Beruf als Priester
wirklich zu entsprechen, und unternahm 1519 eine Reise

---

*) Menendez y Pelayo, Marcelino: Antologia, VII, 1898
I–C bietet die ausführlichste Darstellung des Lebens und
Wirkens unseres Dichters, sowie S. I f. eine Bibliographie der
wichtigeren einschlägigen Arbeiten. Die ältere Literatur ist an-
geführt in dem Aufsatze Ferdinand Wolfs: „Über Juan de la
Encina“, abgedruckt in den „Studien“ 270 ff.

nach Jerusalem, über die seine versifizierte Beschreibung,
„Trivagia" betitelt, berichtet, kehrte noch in demselben
Jahre nach Rom zurück, um dann die letzte Lebenszeit
in seinem Vaterlande zuzubringen. Über diese liegen
keine zuverlässigen Nachrichten vor; er soll 1534 zu
Salamanca gestorben sein.

Enzina hat eine ausgebreitete dichterische Tätigkeit
entfaltet. Obwohl kein echter Dichter, besaß er doch
künstlerische Gaben, lebhafte Einbildungskraft, die sich
namentlich in der Wiedergabe anmutiger ländlicher Bilder
betätigte, ein manchmal sinnig hervortretendes natürliches
Gefühl, auch Verständnis für volkstümlichen Ausdruck,
vor allem feines musikalisches Gehör.*) Seinen Cancionero
leitet eine Arte de Poesía Castellana ein: einerseits
ein Nachklang an die Lehren der Alten, andererseits, in
den Vorschriften über künstlerische Technik, eine Spät=
frucht der provenzalischen Schule. Der Einfluß der huma=
nistischen Bildung äußert sich zunächst in der leichten
anmutigen Übersetzung, vielmehr Umdichtung, der Hirten=
gedichte Vergils, bei der auch zeitgenössische Eindrücke zur
Verwertung kamen. Diese Tätigkeit wirkt nach bei Enzinas
szenischen Versuchen: nicht bloß der Name Egloga, sondern
auch die Einführung der Hirten, die Schilderung länd=
licher Verhältnisse, wird durch Vergil angeregt. Die
selbständigen Poesien Enzinas, die in dem Cancionero
Aufnahme fanden, sind zahlreich und von ungleichem
Wert. Schwach sind die geistlichen Lieder; auch unter
den allegorischen Visionen weicht der Triumfo de Amor

---

*) Cancionero musical de los siglos XV y XVI. Trans-
crito y comentado por Francisco Arsenjo Barbieri, Madrid o. J.
(1890). S. 20 ff. werden die mit Musikbegleitung überlieferten
68 Gedichte Enzinas besprochen und seine Bedeutung als Kom-
ponist gewürdigt.

nicht von der Schablone ab. Besser ist der Triumfo de
la Fama, zu dem das bedeutsamste Ereignis jener Zeit,
„ganada Granada", den Dichter begeisterte. Auch unter
seinen galanten Poesien zeichnen sich einige durch Witz
und feinen Vortrag aus. Den besten Erfolg erzielt
Enzina, gleich Santillana, in den Dichtungen, welche den
volkstümlichen Ton anschlagen, in seinen Villancicos
(ländlichen Liedern), die zum schönsten Schmuck seiner
Eglogas gehören.

Den Ruhm eines bahnbrechenden Neuerers gewann
Enzina auf dem Gebiete des Dramas. Gómez Manrique
war mit kurzen, höchst einfachen Weihnachts= und Oster=
Repräsentationen vorangegangen, Enzina hat diese dra=
matischen Anfänge verschiedenartig und verhältnismäßig
reich entwickelt. Fast zwei Jahrhunderte waren — seit
Alfons X. — verstrichen, aus denen kaum Nachrichten
von szenischen Aufführungen überliefert sind. Enzina knüpft
denn tatsächlich an jene einfachen liturgischen Spiele an,
die Alfons X. in der Band I, Seite 101 erwähnten Partida=
Stelle ausdrücklich gestattet. Seine Repräsentationen der
Passion und der Auferstehung, die er für das Oratorium
des Hauses Alba dichtete, sind dafür Belege. In den
Eglogas de Navidad mischt sich schon in das geistliche
Element das weltliche, und dieses gewinnt, durch das
Auftreten der Hirten begünstigt, hie und da sogar die
Oberhand. An die alten grobkörnigen Juegos de escarnio
(Spottspiele) erinnert entfernt Enzinas Auto del Repelón
(Prügel= oder Rauf=Auto) mit seinen derben Späßen,
seinen Prügelszenen zwischen Hirten und Studenten, in
gewissem Sinne ein Vorläufer der späteren Pasos (Entre=
meses, Sainetes). Mäßiger gehalten sind die beiden Fast=
nachts=Eklogen, deren zweite das alte, schon aus dem
Libro de buen amor des Erzpriesters von Hita bekannte

Thema des Kampfes zwischen Don Carnal und Doña
Cuaresma verwertet. Zwei andere Eklogen bedeuten
insofern einen Fortschritt zum wirklichen Drama, als sie,
durchaus profanen Inhalts, in lebhaftem Dialog den
Kontrast zwischen höfischem und ländlichem Leben zum
Ausdruck bringen; es sind zwei Akte eines kleinen Dramas,
in denen die Hirtin Pascuela, der Knappe Gil und der
Hirte Mingo die Protagonisten darstellen. Sowohl Gil
wie Mingo bewerben sich um die Gunst Pascuelas, um
derentwillen Gil sogar Hirte wird. Hierdurch ist der
Anlaß gegeben, jenen Kontrast anzudeuten, eine Art von
Umgebungsschilderung zu versuchen. Die Villancicos
dieser Stücke gehören zu den besten Enzinas; eines der=
selben wird mit Tanzbegleitungen gesungen und bildet den
ersten schüchternen Anfang des musikalisch=dramatischen
Elements auf spanischem Boden.

Neben den Eindrücken des langen römischen Auf=
enthalts haben zwei spanische Prosawerke ziemlich ver=
schiedener Gattung die spätere Schaffensperiode Enzinas
merklich beeinflußt: die noch später zu besprechende Celestina
sowie Diego de San Pedros Carcel de Amor. Sehr oft
ediert, ins Französische und von Hans Ludwig Kufstein,
Leipzig 1630, ins Deutsche („Gefängnuß der Lieb")
übersetzt*), hat diese allegorische Vision, die Wanderung zu
der Burg, in welcher der Held der Dichtung, Leriano, als
Gefangener der Liebe angekettet schmachtet, die Fülle der an
die Ritterromane erinnernden Abenteuer bei den Kämpfen
des Helden um die Geliebte, Laureola, endlich ihr tragischer
Tod, auch bei Enzina empfängliche Aufnahme und in
seinen tragisch=allegorischen Stücken willige Verwertung
gefunden. Zunächst bei der (zuerst in Rom aufgeführten,

---

*) Schneider, Adam: Spaniens Anteil an der deutschen
Literatur des 16. und 17. Jahrhunderts, Straßburg, 1898, 245 ff.

später auf den Index gesetzten) Farsa de Plácida y Vi-
toriano, in der Frau Venus die Placiba, die sich aus
Liebesgram den Tod gegeben, durch Merkur wieder zum
Leben zurückruft, dann in der ernster gehaltenen Egloga:
Fileno y Zambardo, in deren ursprünglicher Fassung der
Selbstmord aus Liebe verherrlicht wird. In einer anderen
kleinen Ekloge: Cristino y Febea fordert Amor zuerst
durch eine „Nymphe", dann persönlich einen Hirten, der
Einsiedler geworden, auf, sein ödes Leben zu verlassen
und sich weltlichen Genüssen hinzugeben. Man sieht, das
altspanische szenische Spiel war von Enzina in völlig neue
weltliche Bahnen gelenkt worden. Erwägt man noch, daß
die spanische Bühne als solche von ihm ihren Ausgangs-
punkt nahm, daß weltliche Schauspieler seine Stücke dar-
stellten, daß auch die Rolle des Graciofo, des Spaß-
machers, durch ihn schon gegeben war, so wird die
Wichtigkeit der Schöpfung Enzinas noch klarer.

Auch er, der Neuerer, ist durch eine mächtige
bramatische Erscheinung des ausgehenden 15. Jahrhunderts, durch die Celestina, angeregt worden. Tatsächlich bildet sie eine gleichzeitige großartige Ergänzung
seines Werkes, die auch ihrerseits die Entwicklung des
spanischen Dramas mächtig beeinflußte.*)

---

*) Wolf, Ferdinand: Über das spanische Drama: „La
Celestina" und seine Übersetzungen (wieder abgedruckt in den
„Studien" 278—302). Hierzu kommen in jüngster Zeit die
Ausgaben: Comedia de Calisto y Melibea (único texto autén-
tico de la Celestina). Reimpresión publicada por R. Foulché-
Delbosc. Paris, 1900. — La Celestina, Tragicomedia de
Calisto y Melibea por Fernando de Rojas. Conforme á la
edición de Valencia de 1514, reproducción de la de Salamanca
de 1500, cotejada con el ejemplar de la Biblioteca Nacional
de Madrid. Con el estudio crítico de la Celestina nueva-
mente corregido y aumentado del Excmo Sr. D. Marcelino

Die erften Ausgaben der „Comedia de Calisto y Melibea" — die eine mit Grund fupponiert, die andere durch das einzige fogenannte Exemplar „Heber" repräfentiert — boten nur 16 Afte und feine Andeutung über den Verfaffer. Erft in den weiteren Stadien, welche die Publifation durch den Druck durchmachte — die ältefte, ficher datierbare Ausgabe (Sevilla, 1501) hat nur 16 Afte, jedoch bereits den Brief: El Autor á un su amigo, die afroftichifchen Verfe und die Oftaven des Korreftors Proaza —, erfcheint die Comedia zu einer Tragicomedia von 21 (22) Aften erweitert, Aft 15, 16 der urfprünglichen Faffung, werden 20, 21 der fpäteren, auch die Afte felbft, namentlich 14 und 19, erfahren zum Teil eine Umarbeitung. Durch das Afroftichon der vorgefeßten elf Oftaven wird der Verfaffername verraten: EL BACHJLER FERNANDO DE ROJAS ACABO LA COMEDIA DE CALYSTO Y MELYBEA Y FUE NASCIDO EN LA PUEBLA DE MONTALVAN. An diefer Namensnennung ift feftzuhalten; fie ift durch fichere Nachrichten über das Leben des Fernando de Rojas beftätigt. Wenn der Autor in der dem Texte vorangehenden Carta á un amigo berichtet, er habe den erften Aft des Dramas bereits vorgefunden, die Schönheit des Stückes habe ihn fo fehr gefangen genommen, daß er fich zur Fortfeßung des Werkes entfchloffen, die er in „zwei Ferialwochen" vollendet; wenn er fpäter als mutmaßliche Verfaffer des Anfangs Mena oder Cota nennt: fo ift dies eine — auch fonft nicht ungewöhnliche — Ausfchmückung der primordia operis, die im vorliegenden Falle durch die Eigenart des

Menéndez y Pelayo. Eugenio Krapf, Vigo, 1899—1900. — Erläuterungen zu der erftgenannten Ausgabe von Foulche-Delbosc, R.: Observations sur la Célestine. Revue Hispanique VII (1900) 28—80.

Stoffs, wohl auch durch durch die persönlichen Verhältnisse des Bachiller begründet war.*)

Calisto ist von Liebe zur schönen Melibea entbrannt, wird aber von dem vornehmen und wohlerzogenen Mädchen zurückgewiesen. Da wendet er sich an die Kupplerin Celestina, die Melibea zu bewegen weiß, Calisto zu willfahren. In dem Streit um den Kupplerlohn wird Celestina von ihren eigenen Helfern erschlagen, von diesen werden zwei durch Schergen getötet. Auch die beiden Liebenden finden unter tragischen Umständen den Tod. Calisto stürzt von einer Leiter, Melibea endet durch Selbstmord.

Die Kupplerin Celestina hat in der Trotaconventos

---

*) Die von Ferdinand Wolf („Studien" 290 ff.) vorgetragenen Erläuterungen zusammenfassend und vertiefend, urteilt Carolina Michaelis de Vasconcellos (Zeitschrift für rom. Phil. XXI, 1897, 407): „Wenn ein noch jugendlicher Baccalaureus, der seine Wissenschaft hochschätzt und entweder schon Amt und Würden inne hat oder sich um dieselben bemüht, Scheu empfindet, ein belletristisches Werk wie die Celestina zu unterzeichnen, demselben aber durch Hinweis auf berühmte Autoren wie Mena und Cota als auf die Verfasser eines preisenswerten Teilstückes Eingang zu verschaffen sucht, während er sein eigenes Arbeitsteil mit absichtlicher Geringschätzung als rasch erblühte Frucht der Ferienmuße hinstellt, hernach jedoch, wenn seine Schöpfung Berühmtheit erlangt hat, seinen Namen in einem Akrostichon-Gedicht anbringt, so steht er mit solchem Verfahren wahrlich nicht allein." Ich kann dieses Urteil unterschreiben; es hat kürzlich durch die von Serrano y Sanz, Revista de Archivos VI, 245 ff., veröffentlichten Urkunden dokumentarische Stütze erhalten. (Vergl. auch Michaëlis über die Ausgaben von Foulché-Delbosc und Krapf, Literaturblatt für germanische und romanische Philologie, 1901, No. 1). Das künstliche Akrostichon ist ein naiv-frohes Spiel mit dem eigenen Namen, der an dem Menschen sitzt wie ein Kleid. — Ähnlich unbefangene Beurteilung dieser Frage findet sich in der jüngsten Arbeit über die Celestina; vergl. Fehse, Wilhelm: Christof Wirsungs deutsche Celestina-Übersetzungen, Halle a. S., 1902, S. 21 ff.

des Erzpriesters von Hita ihr Vorbild, während Don Melon und Doña Endrina des Libro de buen amor hier eben zu Calisto uud Melibea werden. Die Trotaconventos geht, wie wir sahen (Bd. I, S. 127 f.), ihrerseits wieder auf den Pamphilus zurück, eine Ascendenz, die eine der Haupt= linien der spanischen Bühnengeschichte darlegt. Nach einer andern Seite hin ist Rojas durch das unter dem Namen Corbacho bekannte Buch des Alonso Martinez de Toledo: De los vicios de las malas mujeres, eine freie, aber in köstlichem Stil geschriebene Satire auf das schöne Ge= schlecht*), beeinflußt worden. Höher aber, als Hita über den Pamphilus, erhebt sich die geniale Schöpfung des Rojas über alles, wodurch sein Schaffen angeregt werden konnte. Die Celestina ist nicht nur eine der bedeutendsten Schöpfungen des spanischen Dramas, sondern der spa= nischen Literatur überhaupt. Trotz der unzweifelhaften durchgreifenden Änderungen, die das Stück erfahren hat, entspricht der von ersten Kunstrichtern gerühmten einheit= lichen Konzeption und dem streng logischen Aufbau die Einheitlichkeit des vortrefflichen Stils; auf die einheitlich und glänzend gefügte Sprache, „paño de la misma tela", haben gerade die zuständigsten Richter, nämlich die spanischen Forscher, hingewiesen, und so dem Korrektor Proaza, der von dem attisch=kastilianischen Stil dieses (einen!) Dichters spricht, recht gegeben.**) Die meisterhafte Sprache weiß selbst die zweideutigsten oder, besser, nur mehr eindeutigen Szenen fein zu umhüllen, bei der Lektüre

---

*) Ausführlicheres über das merkwürdige Buch bei J. Wolf, „Studien", 232—235. Neue Ausgabe des spanischen Textes von Pérez Pastor, Madrid, 1901 (Sociedad de Bibliófilos espa= ñoles, XXXV.).

**) ... en estilo primero de Athenas — como este poeta en su castellano.

wenigstens erträglich zu machen. Die Charaktere sind
psychologisch vertieft und mit fester Hand von Anfang
bis zu Ende gezeichnet; die tragischen wie die komischen,
die vornehmen und die den unteren Schichten angehörigen
Typen sind bewundernswert und mit Hilfe unvergleich=
licher Dialektik vorgeführt, so daß wir sie leibhaftig vor
uns agierend glauben: wie es denn der Hauptvorzug
dieses „Stückes von höchster Wahrheit" ist, daß es uns
aus den imaginären Welten, welche die Mehrzahl der
früheren Literaturwerke vorzuzaubern suchten, in volles
pulsierendes Leben versetzt. Es ist nicht so sehr eine
dramatische Novelle, als vielmehr ein wirklich auf dra=
matische Wirkung angelegtes Stück, wenn es auch ob
seiner 21 Akte nicht zur Aufführung (wohl aber zur
Rezitation) bestimmt sein konnte. Die Celestina bietet
uns Schönheiten, die nur der geniale Dichter schaffen
kann, und die eines Shakespeare würdig zu erklären
Ferdinand Wolf kein Bedenken trug.

Der Bedeutung des Werkes entspricht es, daß es
in unzähligen Ausgaben erschien, daß es wiederholt ins
Italienische, Französische, dreimal ins Deutsche (1. Augs=
burg, 1520 bei Sigismund Grym, 2. Augsburg, 1533 bei
H. Stayner, 3. Celestina, eine dramatische Novelle. Aus dem
Spanischen übersetzt von Eduard von Bülow, Leipzig, 1834),
ja auch ins Lateinische übersetzt wurde und die dramatische
wie auch die erzählende Dichtung reich befruchtete.*)

3. Anhang: Cancioneros und Romanceros.

Die Liederbücher, die seit Jahrhunderten als Can=
cioneros bezeichnet werden, sind Sammlungen verschiedener
kurzer Gedichte und bieten nach diesem äußeren Gesichts=

---

*) Vergl. Schneider, Adam a. a. O. und den Anhang zu
der oben S. 32 Anm. zitierten Ausgabe von E. Krapf.

punkte hin Analogien mit anderen Sammlungen gleich=
falls kurzer Dichtungen, die unter dem Namen Romanceros
bekannt sind. Diese äußere Ähnlichkeit hat bereits in
früher Zeit zu Verwechslungen Anlaß gegeben — die
älteste Romanzensammlung erschien unter dem Namen
„Cancionero de varios Romances“. Gleichwohl obwaltet
zwischen den beiden Dichtungsgattungen, zwischen Romance
und Canción ein tiefer Unterschied, sowohl rücksichtlich
ihrer Geschichte und Pflege wie auch rücksichtlich der me=
trischen Form. Die Romanze, im Spanischen el Romance,
ursprünglich gewöhnliche Bezeichnung für die Vulgär=
sprache im Gegensatz zum Latein, später Name für das
in jener abgefaßte Gedicht, galt lange Zeit hindurch als
das früheste Erzeugnis spanischer Poesie, eine Ansicht,
die bis vor kurzem bei dem Mangel sicherer Zeugnisse
ebenso schwer zu beweisen wie zu widerlegen war. Nur
wenige Romanzen sind in Handschriften überliefert, und
auch diese sind verhältnismäßig jung. Wir müssen eine
durch geraume Zeit fortlebende mündliche Romanzen=
tradition voraussetzen; die erste feste Überlieferung hebt
an mit den gedruckten Romanceros generales, deren ältester
gegen Mitte des 16. Jahrhunderts in Antwerpen erschien.
Der Veröffentlichung dieser Romanzensammlung in einem
ganzen Bande ging der Druck einzelner Stücke auf fliegen=
den Blättern voraus, doch auch für diese Art der Über=
lieferung fehlen genaue Daten. Gleichwohl lassen sich
durch richtige Erkenntnis des Gehaltes dieser Poesien
und durch ihre Vergleichung mit den ältesten Denkmälern
der spanischen Literatur gewisse zeitliche Anhaltspunkte
gewinnen. Die frühesten Romanzen sind in der Regel
kurze Stücke episch-lyrischen Charakters; die Erzählung
setzt den Gegenstand im allgemeinen als bekannt voraus,
ist schlicht, kräftig, lebendig, die Darstellung oft sprung=

haft, rasch abbrechend, und in der Regel ist ihr Eindruck
auf den Lesenden, besonders auf den Hörenden, ein un=
gemein tiefer. Das Metrum der Romanze ist die acht=
silbige Kurzzeile mit trochäischem Rhythmus und Assonanz,
sei es in sämtlichen Versen oder nach dem Schema abab
(Redondillavers). Auf Grund der eben angedeuteten
Kennzeichen läßt sich die Masse der überlieferten Romanzen
in gewisse Klassen gruppieren und eine Scheidung der
ursprünglichen volksmäßigen Stücke von den künstlichen
Nachahmungen vornehmen. Demgemäß bilden die erste
Gruppe jene Romanzen, die als alt, unmittelbar volks=
tümlich und ursprünglich oder doch als solche betrachtet
werden können, die, von den Spielleuten nur leicht um=
geformt, sich wenig von dem volkstümlichen Typus unter=
scheiden.*) Eine zweite Gruppe begreift die Romanzen
novellistischen Inhalts und die sogenannten Romances
históricos fronterizos, d. h. solche, welche Begebenheiten
aus den Kämpfen zwischen Mauren und Christen erzählen.
Gleichzeitig mit diesen erscheint in älterer Zeit, d. h. vor
Erfindung des Buchdrucks, jene Romanze, deren Inhalt
fremden Geschichtskreisen angehört (z. B. dem Karls des
Großen und seiner Paladine). Eine besondere Gruppe
umfaßt jene späteren Romanzen, die von höfischen Dichtern
in bewußter Nachahmung der alten Muster gedichtet
wurden, und in denen der volkstümliche Ton mitunter
vorzüglich getroffen erscheint. ·Eine bereits von Milá y
Fontanals angebahnte und kürzlich durch Ramón Menéndez
Pidal überzeugend durchgeführte Untersuchung hat dar=

---

*) So unter den Cidromanzen „Afuera, afuera Rodrigo“;
„Cabalga Diego Lainez“; „En Burgos está el buen Rey“ u. a.
Weitere Beispiele dieser Gruppe wie auch der übrigen Klassen
findet der deutsche Leser lichtvoll zusammengestellt in dem Auf=
satze F. Wolfs „Über die Romanzendichtung“, Ticknor II, 479 ff.

getan, daß die ältesten und volkstümlichsten Romanzen ihrem Inhalte nach keine Originalschöpfungen sind, sondern, wie aus dem Vergleich mit den alten epischen Helden= gesängen schlagend erhellt, nichts anderes als einzelne losgelöste Stücke aus denselben, also eine Art Fortsetzung des altepischen Sanges. Das Ergebnis der erwähnten Forschungen, eines der bedeutendsten, das in letzter Zeit auf dem Gebiete altspanischer Literaturgeschichte erzielt wurde, ist unumstößlich sicher. „Cette source", sagt der erste zeitgenössische Literarhistoriker Frankreichs mit Rück= sicht auf die Romanzen von den Infanten von Lara, „ici comme ailleurs, doit être uniquement cherchée dans les chansons de geste de la dernière époque; les romances sont les héritières legitimes et directes des chansons de geste, comme filles, non des poèmes pri= mitifs qui ne se récitaient plus, mais de leurs derniers renouvellements."*)

Hält man an der eben angedeuteten Eigenart und Geschichte der Romanzen fest, so heben sich die Cancioneros von den Sammlungen jener Poesien mit aller Schärfe ab. Die Canción gehört ihrer Schöpfung nach den höheren Gesellschaftsklassen an, ist Frucht von Studium und Überlegung und trägt einen den Zeitströmungen in den Kulturländern Europas angepaßten Charakter. Die Poesien der Cancioneros sind daher von weniger lokalem oder nationalem Gepräge; die provenzalischen und ita= lienischen Vorbilder werden nachgeahmt, man holt sich von ihnen Anregung und Form, wenn auch dem heimischen Geiste bei diesen Schöpfungen auf spanischem Boden Rechnung getragen wird. Die Romanzenpoesie ist episch, erzählend, der lyrische Gehalt äußert sich in starken, grellen

*) Paris, Gaston: La Légende des Infants de Lara (Extrait du Journal des Savants, 1898) 25.

Empfindungen, die Cancionendichtung trägt dem feineren lyrischen Gefühl Rechnung, ist manchmal sentimental und fast modern nervös, manchmal überlegend und philosophisch. Die Romanze „in der Kühnheit weise, in der Ruhe herzlich rührend, im Abenteuerlichen und Phantastischen natürlich und einfältig, im scheinbar Kindischen oft unergründlich tief" *), weilt mit Vorliebe bei der Erzählung erschütternder Ereignisse und kriegerischer Taten. Die Canción gilt als Probe literarischer Bildung und schmückt sich mit allerlei ausgeklügelten Künsteleien. Daher die Geringschätzung, mit welcher der höfische Dichter über die Romanzendichtung urteilt: „Am tiefsten stehen jene", heißt es in dem mehrfach angeführten Briefe Santillanas, „welche ohne jede Ordnung, Regel noch Maß jene Romanzen und Lieder verfertigen, an denen sich die Leute niedrigen und dienenden Standes ergötzen." Der Hidalgo sieht von oben auf den Spielmann, auf den armen Blinden herab, der die Romanze singt, natürlich auch auf jene, die für sie und die hörende Menge schaffen. Die Romanzendichtung verwendet den achtsilbigen Redondillenvers, die höfische Poesie versucht sich in fast allen vorhandenen heimischen und ausländischen Maßen, meidet aber gerade den Achtsilber.

Auch in Bezug auf die Überlieferung machen sich bezeichnende Unterschiede zwischen den beiden Dichtungsarten bemerkbar. Die Romanze wird, wie erwähnt, fast gar nicht handschriftlich überliefert; in der dritten Dekade des 16. Jahrhunderts beginnt man, einzelne dieser Gedichtchen auf fliegenden Blättern zu drucken, und erst um die Mitte des 16. Jahrhunderts erscheint (ohne Jahresangabe) der Cancionero de Romances zu Antwerpen, 1550 ein solcher ebenda (wie der frühere, undatierte) von

---

*) Schlegel, August Wilhelm von: Sämtliche Werke, herausgegeben von E. Böcking, VIII, 1846, 82.

Martin Nucio (Nuyts) gedruckt, dann, 1550 und 1551, die Silva de Romances in drei Teilen, gedruckt von Estéban de Nájera. Im Jahre 1600 tritt dann der Romancero general hervor, dem sich weitere Ausgaben (1602, 1604, 1605, 1614) anschließen. Eine außerordentlich reiche Zahl spanischer Werke war bereits durch die Kunst des Buchdrucks vervielfältigt worden, bevor man daran ging, die Denkmäler der epischen Dichtung Kastiliens allgemein zugänglich zu machen, jener Dichtung, die als eine der volkstümlichsten unter allen modernen Literaturgattungen gelten darf, die als „the richest mine of ballad poetry in the world" (Fitzmaurice-Kelly) die Unabhängigkeit spanischer Dichtung seit ältester Zeit glänzend erhellt und ihren befruchtenden Einfluß bis in spätere Jahrhunderte bewahrt hat. Ist man doch in letzter Zeit mit glücklichem Erfolg darangegangen, die Verarbeitung alter Romanzen in den spanischen Dramen methodisch zu verfolgen, so bei den frühesten Beispielen solcher Verwertung, bei der Comedia de la muerte del rey D. Sancho des Juan de la Cueva, bei der anonymen „Comedia de los famosos hechos de Mudarra", insbesondere bei Lope de Vega.*) Erwähnt sei noch, daß die Romanzen über die Helden der Cantares, über den Cid und die Infanten von Lara, in gesonderten selbständigen Romanceros veröffentlicht wurden.

Der Unterschied zwischen dieser Überlieferung und jener der Cancioneros ist augenfällig genug. In Nachahmung der provenzalischen Liederbücher und der galicischen Cancioneros (der poetischen Gesellschaft am Hofe der Könige Alfons III. und Diniz, sowie Johann II. und Emanuel von Portugal, Cancioneiro geral de Garcia de

---

*) Menendez y Pelayo, Marcelino: Antologia IX., 259 ff.: Romances que se han conservado por medio del teatro.

Resende) werden auch in Kastilien Lieberbücher, Samm=
lungen flüchtiger Probukte höfischer Dichtung, angelegt
und den vornehmen Kreisen, aus denen sie hervorgehen,
entsprechend, gleich in prächtigen, reich ausgestatteten
Handschriften aufgezeichnet. Ein solches Lieberbuch ist
die Sammlung, welche Juan Alfonso de Baena dem
König Juan II. von Kastilien im Jahre 1445 widmete.*)
Baena, Sekretär des Königs, greift bei der Wahl der
Dichtungen auf die poetischen Hervorbringungen am Hofe
Juan I. und Enrique III. zurück, und auch Dichtungen
in galicischer Mundart sind in seinem Lieberbuche ver=
treten. Die Auswahl ist ziemlich bunt — es ist eben
diese Sammlung als Cancionero des literarischen Hofes
Juan II. zu betrachten. Auf einen bestimmten Dichter=
kreis bezieht sich auch das Lieberbuch, das unter dem
Namen Cancionero de Lope de Stúñiga bekannt ist**)
und die Gedichte jenes literarischen Kreises vorführt, der
sich um Alfons V. in Neapel versammelt hatte; auch sie
sind Kunstprodukte, denen die unmittelbare Beziehung auf
das Leben und seine Ereignisse mangelt: Liebeslieder,
die eingebildetes Leid und fiktive Wonne besingen, höfische
Einfälle u. a. m.

Diesen ältesten Cancioneros schließt sich eine sehr
große Zahl anderer an, die in verschiedenen Bibliotheken
(zu Madrid, Paris, London, München, Rom) aufbewahrt

---

*) El Cancionero de Juan Alfonso de Baena (Siglo XV)
Ahora por primera vez dado á luz, con notas y comentarios,
Madrid, 1851. Dem Texte geht eine gehaltvolle Einleitung des
Marques P. J. Pidal voran. (Wiererabgedruckt von Francisque
Michel, Leipzig, 1860.)

**) Cancionero de Lope de Stúñiga, codice del Siglo XV.
Ahora por vez primera publicado. Madrid, 1872. Der Titel
ist nicht zutreffend, Stúñiga nur der Reigenführer in dem viel=
stimmigen Chorus.

werden und teils Dichtungen einer größeren Anzahl ver=
schiedener Autoren aus verschiedenen Perioden, teils nur
Poesien einzelner Dichter (Santillana, Juan del Enzina,
Gómez Manrique) enthalten. Im Jahre 1511 erschien
zu Valencia die erste Ausgabe der umfangreichen Samm=
lung: Cancionero general de muchos e diversos autores.
Das Liederbuch gibt trotz seines großen Umfanges kein
richtiges Bild von der außerordentlichen poetischen Frucht=
barkeit, die sich gerade im 15. Jahrhundert auf dem spa=
nischen Boden entfaltete. Die Tätigkeit hervorragender
Schriftsteller, eines Gómez Manrique oder Juan del Enzina
läßt sich aus dem Cancionero general nicht erkennen;
andere, zum Teil bereits erwähnte Quellen müssen heran=
gezogen werden, um diese Lücke auszufüllen. Andererseits
zeichnet sich wieder der Cancionero general durch einen
Vorzug aus, dessen die handschriftlichen Liedersammlungen
zumeist entbehren. Hernando del Castillo, der Heraus=
geber des Cancionero general, hat eine stoffliche Ein=
teilung versucht. Die der Erbauung und Moral ge=
widmeten Gedichte machen den Anfang, ihnen folgen
die Cancionen und Romanzen, dann Proben anderer
Gattungen der höfischen Kunstpoesie (die „invenciones“
und Briefe der Wettbewerber im Dichterstreit, die „Glossen“,
ländlichen Gedichte, Fragen), den Schluß bilden scherzhafte
Gedichte. Diese umfangreiche Mischsammlung von Pro=
dukten höfischer Dichtung aus der Zeit Juan II. bis
Karl V. ist in wiederholten Ausgaben verbreitet worden.

Sowohl das durch Herder*) und die Romantiker
angeregte Studium der Romanzen wie auch das der

---

*) Herders Cid, Die französische und die spanische Quelle.
Zusammengestellt von A. E. Voegelin, Heilbronn, 1879. Die
Ausgabe gewährt ein treffliches Hilfsmittel zur Beurteilung des
Textes der Herderschen, zunächst nach französischer Vorlage vor=

Cancioneros hat erfreuliche Fortschritte gemacht und eine immer noch im Wachsen begriffene Literatur von Aus= gaben, Aufsätzen, Bibliographien u. s. w. erstehen lassen.*)

Die Blütezeit unter den Habsburgern.

1. Lyrik, Epos, Roman.

Spanien zeigt im 16. und 17. Jahrhundert ein Bild geistiger Bewegung, wie es zu jener Zeit kein anderes Land in gleicher Mannigfaltigkeit und Fülle aufzuweisen

---

genommenen Übersetzung und gibt in der Einleitung Nachricht von den früheren Forschungen über den Gegenstand (H. Düntzer, R. Köhler).

*) Heute noch wertvoll sind die Abhandlungen Ferdinand Wolfs über die Romanzenpoesie der Spanier, die in den „Studien" wiederabgedruckt wurden, ferner: „Über die Romanzendichtung in Spanien" und „Über die Liederbücher (Cancioneros) der Spanier" in Ticknors Geschichte der schönen Literatur in Spanien, Bd. 2, Beilage 3 u. 4. Verzeichnis älterer Literatur bei Milá y Fontanals, Poesia heróico-popular, S. 1—106: „Literatura de este ramo de poesia", natürlich mit eingehender Berück- sichtigung der Romanzen. Eine ausführliche Bibliographie der Romanceros beginnt Menendez y Pelayo in dem Nachtrag zum Wiederabdruck der Romances viejos castellanos (Primavera y flor de romances) von Wolf-Hofmann (mit trefflicher Einleitung), Antologia, Bde. VIII, IX (Bd. IX 281 ff: Bibliografia y vari- antes de los primitivos romanceros); die neueren Forschungen und Entdeckungen auf diesem Gebiete, so von Carolina Michaëlis, Karl Vollmöller u. a. werden wohl in dem XI. Bd. der Antologia Würdigung finden; der zuletzt erschienene X. Bd. enthält Romances populares recojidos de la tradición oral. Beiträge zur Literatur der Liederbücher lieferten zuletzt u. a. Menendez y Pelayo, Anto- logia I, VII ff.; VI, CCCLXXXV ff., sowie Mussafia, Adolfo: Per la bibliografia dei Cancioneros spagnuoli, Wien, 1900 (Denk- schriften der kais. Akad. d. Wissensch., XLVII).

hatte. Die Darstellung dieser Blüteperiode läßt sich
von der Geschichte der inneren und äußeren politischen
Ereignisse nicht trennen. Bezeichnend ist, daß Kardinal
Ximenes de Cisneros, der in Spanien für den minder-
jährigen Karl V. die Regentschaft führte und durch weise
Maßregeln das von den katholischen Königen begonnene,
auf finanzielle, administrative und militärische Organisation
abzielende Kräftigungswerk fortführte, gleichzeitig ein
Mäcenas im besten Sinn, ein Förderer von Wissenschaft
und Kunst war. Unter Karl V. wird Spanien Weltmonarchie; spanische Krieger durchziehen die meisten
Länder Europas, und in anderem Sinne als später
einmal konnte damals gesagt werden, daß es keine
Pyrenäen mehr gebe.*) Vor allem tritt Spanien mit
Deutschland in Wechselbeziehung. Hierdurch werden die
humanistischen Studien in Spanien mächtig belebt**),
auch der Protestantismus hält trotz der Bollwerke, welche
der in der Inquisition verkörperte Stolz auf den angestammten Glauben und die Abneigung gegen alles Fremd-

---

*) Neben den bereits genannten Werken von Croce und
Schneider vergl. Farinelli, Arturo: Die Beziehungen zwischen
Spanien und Deutschland in der Literatur beider Länder,
Spanien und die spanische Literatur im Licht der deutschen
Kritik und Poesie, Berlin, 1892; Deutschlands und Spaniens
literarische Beziehungen, Zeitschr. f. vergl. Literaturgesch., Neue
F. VIII, 318—407; Foulché-Delbosc, R.: Bibliographie des
voyages en Espagne et en Portugal (Revue Hispanique II,
1896), dazu die Nachträge von Farinelli: Apuntes sobre viajes
y viajeros por España y Portugal, Revista crítica de historia
y literatura españolas II, 1898); Más apuntes, Revista de
Archivos, 1901 und 1902.
**) Graux, Charles: Essai sur les origines du fonds grec
de l'Escurial. Episode de l'histoire des lettres en Espagne.
Paris, 1880. In diesem trefflichen Werk ist ein großer Teil
des einschlägigen Materials verwertet.

ländische der ketzerischen Invasion entgegensetzte, seinen
Einzug.*)

Die mächtige Bewegung im Stammlande des Welt=
reiches erstreckt sich auf alle Gebiete geistigen Schaffens,
nicht bloß auf das der Literatur, wo Lyrik, Epos, Roman
ungeahnte Entwicklung erfahren, namentlich das Drama
in einem Reichtum prangt, der den aller übrigen Völker
zusammengenommen übertrifft; gleich hohe Blüte und
Vollendung erlangt die bildende Kunst. Nicht als
Corrolar zur Entwicklung dieser und des Schrifttums,
sondern als selbständige, ja die Blüte jener Erscheinungen
bedingende kulturelle Kraft stellt sich Spaniens Arbeit
auf dem Gebiete der exakten Wissenschaften dar. Diese
Tätigkeit ward auf Grund unwiderleglicher Zeugnisse in
letzter Zeit trefflich dargestellt; in der Einleitung ist an=
gedeutet worden, was die Spanier zu Beginn der Neuzeit
auf dem Gebiete der Arithmetik, Geometrie, Geodäsie,
Astronomie, Hydrographie, Physik, Chemie, Botanik u. s. w.
geschaffen, zum Teil bahnbrechend geleistet haben. So
entspricht denn auch die edelste Ergänzung dieser Leistungen,
die schöne Literatur, in Ausbreitung und Glanz der Größe
des Reiches, in dem die Sonne nicht unterging.

Bemerkenswert ist der Umstand, daß zunächst nicht
die großen zeitgenössischen Ereignisse im Epos gefeiert
werden, sondern die persönlichste aller Dichtungsgattungen,
die Lyrik, ihre Hochblüte erreicht; wobei der auffällige
Umstand zu verzeichnen ist, daß die ersten Dichtergrößen
des stolzen, zur Weltstellung berufenen Volkes Maß und
Form für ihre Schöpfungen aus der Fremde holen. Die
Nachahmung des italienischen Sonetts um die Mitte des

---

*) Wilkens, Cornel August: Geschichte des spanischen
Protestantismus im 16. Jahrhundert, Gütersloh, 1888. S. 1 f.
und in den Noten reiche Literaturangaben.

16. Jahrhunderts war ein literarischer Einfall Santillanas gewesen und in Vergessenheit geraten. Juan Boscán († 1542), Garcilaso de la Vega (1503—1536) und Diego Hurtado de Mendoza (1503—1575) führen diese Nachahmung bewußt durch.

Juan Boscán Almogaver, aus edlem Geschlecht stammend und schon in jungen Jahren im Kriegshandwerk wohlgeübt (etwa 1493 geboren, diente er noch unter Ferdinand dem Katholischen, starb 1542), zeichnete sich gleichfalls frühzeitig durch treffliche Bildung aus und wußte sich am Hofe Karl V. zu Granada, den er 1519 aufsuchte, eine angesehene Stellung zu schaffen, die ihn für das Erzieheramt beim Herzog Alba (1520) geeignet erscheinen, 1526 in innige Beziehungen zum veneztanischen Gesandten am spanischen Hofe, Andrea Navagiero, treten ließ. Diesem dankt Boscán die Anregung zu den „cosas hechas al modo Italiano", zum Sonett, zur Terzine, wie zur Ottava rima, dem Versmaß des Gedichts, in dem er den Hof von Amor und Zelos (Eifersucht) schildert und auch Gelegenheit findet, Bemerkungen über zeitgenössische, wie auch frühere Poeten einzuflechten.*) Fast ein ganzes Jahr (1533) verwendete Boscán auf die Übersetzung des „Cortegiano" des Baltasar Castiglione (1526 apostolischer Nuntius bei Karl V.), eine Arbeit, die er nur ungern, auf Zureden seines Jugendfreundes Garcilaso de la Vega unternahm.

Dieser, gleichfalls Krieger im Heere Karls V., mit der Dichtung des von ihm wiederholt besuchten italienischen

---

*) Las obras de Juan Boscán. Madrid, 1875. (Ausgabe mit biographischer Einleitung und bibliographischem Anhang von W. J. Knapp.) Über die Boscán (und Garcilaso) betreffende Literatur vergl. Baist im Grundriß d. rom. Philologie, II, 2, 449 Anm. 1.

Nachbarreiches vertraut, geht in der Nachahmung ita=
lienischer und lateinischer Muster noch weiter, ohne in
der Stoffbehandlung an Natürlichkeit einzubüßen. In
der metrischen Technik übertrifft er Boscán, an Wohllaut
und zartem Ausdruck, der namentlich die Vergil nach=
gebildeten Eklogen auszeichnet, steht er in Spanien fast
unerreicht, wird von Bembo hochgeschätzt, als Príncipe
de los Poetas, reformador del Parnaso español gefeiert,
findet bald in verschiedenen Schriftstellern — nicht den
letzten, so in Sanchez de las Brozas, Fernando de
Herrera, Tamayo de Vargas — Kommentatoren; diese
Ehre war bis dahin nur den alten Klassikern zuteil ge=
worden.*)

Zu dem engeren Kreise der von Boscán und Garcilaso
begründeten Schule der sogenannten Petrarchisten gehören
außer dem bereits genannten Diego Hurtado de Mendoza
noch Gutierre de Cetina, Gregorio de Silvestre, Fernando
de Acuña u. a. m. Auch in Sevilla findet jene neue
Richtung Eingang, wo Fernando de Herrera († 1597)
den Mittelpunkt eines Dichterkreises bildet; Herrera ist
wohl der einzige, der den Meister und das bewunderte
Vorbild der Schule, Garcilaso, an Schwung echt poetischer
Begeisterung fast erreicht, in der fremden Form seiner
Lieder, namentlich der politischen, den nationalen Geist
prächtig zum Durchbruch gelangen läßt.

Die neue Richtung fand einen begeisterten Vertreter
in Fray Luis Ponce de León (1527—1591) aus Bel=

---

*) Eine gute Ausgabe der Poesien Garcilasos (Sonette,
Elegien, Cancionen, Eklogen), die gewöhnlich als 4. Buch den
drei Büchern Boscáns beigefügt werden, fehlt. Im übrigen
vergleiche man: Fernandez de Navarrete, Eustaquio: Vida del
célebre poeta Garcilaso de la Vega, Madrid, 1850.

monte in der Mancha, Augustiner, Professor der Theologie
an der Hochschule Salamanca; er wurde ein Opfer seiner
literarischen Rivalen, die ihn, den überlegenen Exegeten,
beneideten, sowie der von diesen aufgestachelten Inquisition,
die den Gelehrten wegen seiner Übersetzung des Hohen Liedes
fünf Jahre in Haft hielt.*) Der endliche Freispruch rehabi=
litierte den tiefernsten, gut katholischen, gut spanischen Denker,
als der er sich in seinen Werken offenbart. Die Heilige
Schrift bildet den Mittelpunkt seiner lateinischen und
spanischen Prosaschriften; die letzteren (Exposición del
libro de Job und del Cantar de los cantares, seine Ver=
teidigungsschriften, die man nicht ohne Rührung lesen
kann, sowie andere kleinere Arbeiten) zeigen ihn als vor=
trefflichen Stilisten. Seine Gedichte umfassen, außer Über=
setzungen und poetischen Bearbeitungen einzelner Teile
der Werke des Vergil, Horaz, Pindar, ferner der Psalmen
und des Hohen Liedes, etwa vierzig Originalpoesien.
Gegenüber Boscán und Garcilaso, den Welterfahrenen,
ist Ponce de León der Sänger des Gelehrtenglücks, des
idyllischen Stilllebens: „Er schuf dichterisch fast unbewußt.
Wie Vögel singen, Blumen blühen, Sterne leuchten,
so quillt aus unmittelbarer Begeisterung sein Lied hervor.
Der gütige Gott diktiert es, der Dichter ist nur das
Werkzeug, das dem Ergusse der poetischen Kraft das
Wort bietet." (Wilkens.) In der Tat weisen die selb=
ständigen Lieder, namentlich die Oden in den kastilischen
Maßen, ferner unter den patriotischen Gesängen besonders
die Profecía del Tajo (in der die Eroberung Spaniens
durch die Mauren prophezeit wird) dem Augustinerdichter

---

*) Reusch, Heinrich: Luis de León und die spanische In=
quisition, Bonn, 1873. S. 22 ff. vortreffliche Bibliographie der
Schriften Ponces.

einen hervorragenden Platz in der spanischen Literatur=
geschichte an.*)

Nicht bloß die örtliche Ausbreitung dieser neuen
Strömung auf dem Gebiete der lyrischen Poesie, auch der
Umstand, daß die Nachahmung der italienischen Form
durch die zunächst in Betracht kommenden Vertreter nicht
ins Bizarre gezogen, sondern verfeinert und vertieft
wurde, begründete den großen Einfluß der Petrarchisten,
ließ aber auch die Rückwirkung eintreten, die bei dem
selbständig und eifersüchtig seine Eigenart wahrenden
spanischen Volke vorauszusehen war. Der Romanzenvers
war nicht vergessen und wurde von einer Reihe von
Dichtern gepflegt, unter denen zunächst Cristóbal de
Castillejo zu nennen ist. War Castillejo (geb. 1490 oder
1491 in Ciudad=Rodrigo) auch während seiner letzten
Lebenszeit (1525—1556) seinem Heimatlande entrückt,
als Sekretär Ferdinand I. in Wien ansässig**), so hat
er doch durch gelungene Verspottung der Nachtreter des
estilo italiano, mehr noch durch die Gewandtheit, mit der
er die alten Kunstformen handhabte, Einfluß geübt und
die Bestrebungen der Anti=Petrarchisten gefördert. Seine
zarten und gefälligen Liebeslieder an „Anna" fallen in

---

*) Wilkens, Cornel August: Fray Luis de León. Eine
Biographie aus der Geschichte der spanischen Inquisition und
Kirche im 16. Jahrhundert, Halle, 1866, bietet Kap. III (135 ff.)
eine warme Würdigung des dichterischen Schaffens Ponces unter
Mitteilung guter Übersetzungsproben.

**) Der Dichter ist, wie sein in der Neuklosterkirche in
Wiener Neustadt befindlicher und von Ferdinand Wolf in den
Sitzungsberichten der Kais. Akademie der Wissenschaften 1849
(Phil.=hist. Klasse, Bd. II, S. 311) veröffentlichter Grabstein er=
schließen läßt, am 12. Juni 1556 in Wien gestorben. Über
Castillejos schriftstellerische Tätigkeit s. a. Wolf, Sitzungsberichte
1850 (Bd. V, 134 ff.) und die Anm. zu Ticknor I, 393.

die Jahre 1528—1530 und beziehen sich auf Anna von Schaumburg, spätere Gattin des Grafen Erasmus von Starkenberg. Castillejos Hauptkraft liegt aber in der eindringlichen Darstellung der Erscheinungen des wirklichen Lebens, auch der Volkssitten, vor allem in der Satire, die sich, wie bemerkt, gegen die Nachahmer der italienischen Weisen richtet. Daß dieser Kampf sehr erfolgreich ge= wesen, läßt sich nicht behaupten. Neben Castillejo blieb auch Sebastian de Horozco den alten angestammten Weisen treu. Die Größen der späteren Zeit, wie Lope de Vega, wußten, dem gewählten Stoffe entsprechend, beiderlei Maße, die italienischen wie die heimischen, abwechselnd zu verwenden. Lopes Romanzen, auch sein erzählendes Gedicht San Isidoro (Patron von Madrid) wenden, wie dies durch den Stoff geboten war, die nationale Weise an, „La Jerusalem conquistada“ und „La hermosura de Angelica“, von Lope als Fortsetzung des Orlando Furioso bezeichnet, sind aus ebenso naheliegendem Grunde in italienischen Ottaven abgefaßt.

Im Vergleich zu den bedeutendsten Schöpfungen der lyrischen Dichtung sind die epischen Hervorbringungen jener Zeit minderwertig zu nennen. Die blendende Ge= stalt des „Cesar“, die ungeahnten Eroberungen und immer neu sich ergebenden Entdeckungen in fremden Welt= teilen waren wohl geeignet, die Gemüter mächtig zu erregen — der sangesmäßige Ausdruck für die durch die gewaltigen Ereignisse hervorgerufene Bewegung ist diesen nicht ebenbürtig; die epischen Versuche der damaligen Zeit erreichen nicht die Höhe der Lusiados des Camões, sind mit geringen Ausnahmen nicht viel mehr als gereimte Chroniken ehrenwerter und strebsamer Schriftsteller, wie der Carlos famoso des Luis de Zapata († 1600), der Carlos victorioso des Gerónimo de Urrea, die Carolea

4*

des Gerónimo Sempere. Das einzige epische Gedicht,
das Aufmerksamkeit verdient, ist die Araucana des Alonso
de Ercilla y Zuñiga. Der Verfasser, 1533 zu Madrid
geboren, befand sich in seiner Jugend unter dem Gefolge
des Erbprinzen Philipp und begleitete diesen auf seinen
Reisen während der Jahre 1547—1551. Im Alter von
22 Jahren zog er nach Chile und fand dort, während
er an der Bekämpfung eines Aufstandes der Eingeborenen
gegen die Spanier teilnahm, mitten in den Kriegszügen
Zeit, einen großen Teil des Sanges zu schreiben, der
diese Kämpfe verherrlichen sollte. Unter mancherlei Ent-
behrungen vollendete Ercilla das Gedicht in der Heimat.
Er stand wohl vorübergehend in Diensten Kaiser Rudolf II.,
doch der Fürst, dem er in seinen Jugendjahren gedient,
Philipp II., hatte ihm seine schützende Hand entzogen.
Die Araucana, die von Voltaire den Werken Homers,
Vergils, Tassos und Miltons an die Seite gestellt wird,
ist eine Geschichte in Versen; die Nachahmung des Orlando
furioso und der Gerusalemme liberata ist deutlich, ebenso
die Tatsache, daß das Gedicht in seiner nüchternen,
phantasielosen Darstellung („Va la verdad desnuda de
artificio Para que más segura pasar pueda", „Die Wahrheit erscheint entblößt von kunstvollem Beiwerk, damit sie
sicherer ihres Weges ziehe") weit hinter diesen Urbildern
zurückbleibt; an diesem Gesamturteil können Würde und
Schönheit einzelner Episoden nichts ändern.

Die eigentliche dichterische Begabung des spanischen
Volkes zeigt sich während der Glanzzeit vornehmlich auf
zwei Gebieten: auf dem des Romans und dem des
Dramas. Die Prosafiktion zeitigt zunächst eine Gattung,
die ganz eigentlich als spanisches Gut zu bezeichnen ist:
die Novela picaresca, den Schelmenroman (fast durchweg
fingierte Autobiographien), der um die Mitte des 16. Jahr-

hunderts mit der höchst merkwürdigen Vida de Lazarillo de Tormes auftaucht.*) Schon früh war in der spanischen Literatur die Figur des Pícaro (Schelm) bekannt (nicht der Name, der erst in der zweiten Hälfte des 16. Jahr= hunderts gebräuchlich wird).**) Der Erzpriester von Hita hat einen Diener, der sich durch vierzehn Eigenschaften auszeichnet; er ist lügenhaft, diebisch, erpicht auf Essen und Trinken, streitsüchtig, schmutzig, faul u. s. w. Ein Abkömmling jenes Trefflichen, nicht aus der Art ge= schlagen, vielmehr nato e sputato, ist der Lazarillo; seine „Fortuna y adversidades" läßt der Verfasser ihn selbst erzählen. Doch liegt in den Schicksalen des Helden nicht die eigentliche Bedeutung der kurzen Erzählung. Sie bietet nach einer Richtung hin ein soziales Zeitbild, zeigt, wie ein armer Schlucker, der zum „königlichen Ausrufer" avanciert und Zeuge der glänzenden Siegesfeste Karl V. war, dachte, „weist die Kehrseite der Münze vor und schildert das spanische Volk, das die Zeche bezahlen mußte, die Armut des gemeinen Mannes" (Lauser, Einleitung zum Lazarillo de Tormes). Zu beachten ist aber, daß eben nur eine, die Reversseite, uns zugewendet und stark ins Relief gesetzt wird. Wieviel in Spanien gerade zu jener

---

*) Die erste bekannte Ausgabe der wohl nicht gar lange nach 1525 verfaßten Schrift wurde anfangs 1554 gedruckt, heißt aber bereits corregida y de nuevo añadida, setzt daher eine frühere Ausgabe voraus. Vergl. Foulché=Delbosc, R.: Remarques sur Lazarille de Tormes, Revue Hispanique VII (1900), 81 ff. Eingehende Studien über das Buch veröffentlichten Morel= Fatio, A.: Recherches sur Lazarille de Tormes (Études, I², 109 ff.) und Lauser, Wilhelm: Der erste Schelmenroman. Laza= rillo von Tormes. Stuttgart, 1889 (vortreffliche Verdeutschung des Textes mit sachlichem und bibliographischem Kommentar).

**) Haan, F. de: Pícaros y Ganapanes (Homenaje á Menéndez y Pelayo II, 149 ff.) bietet eine beachtenswerte Studie über den Pícaro in der spanischen Literatur.

Zeit wahrhaft und ehrlich gearbeitet wurde, haben die
einleitenden Zeilen angedeutet. Der Lazarillo ist so
wenig Gesamtbild der spanischen Gesellschaft aus dem
Anfang des 16. Jahrhunderts, wie etwa „Nana" ein
solches der französischen Gesellschaft aus dem Ende des 19.
Was uns fesselt, ist die Ursprünglichkeit der ungewöhnlich
anschaulichen Erzählung, die sich auf tiefe Kenntnis des
Elends und der Schäden der verschiedenen Gesellschaftsklassen (des Bettlers, des Geistlichen, des verarmten Edelmannes, des Ablaßkrämers u. s. w.) gründet. Ander-
weitig bekannten Anekdoten, die verwertet sind, wurde
durch die neue Einkleidung Frische und Lokalfarbe verliehen. Daß das Buch nicht von Diego Hurtado de
Mendoza, der lange Zeit als Verfasser galt, stamme, haben
A. Morel-Fatio und W. Lauser überzeugend nachgewiesen.
Das Leben jenes glänzenden Vertreters eines altadeligen
Geschlechts, der auf der Menschheit Höhen wandelte und
wohl niemals Gelegenheit hatte, das Leben der Enterbten
wirklich kennen zu lernen, „bietet nirgends eine Lücke,
wo ein Werk wie Lazarillo unterzubringen wäre" (Lauser).
Das Buch bleibt anonym; seine anti-klerikale Tendenz
ließ den Autor im Kreise der Reformfreunde, der Eras-
mianer, suchen, doch liest man schon in dem zwei Jahrhunderte älteren Libro de buen amor des Erzpriesters
von Hita über Heuchelei und Habgier der Geistlichkeit
(Coplas 477 ff.) Dinge, die nicht leicht schärfer gesagt
werden können, im Lazarillo nur weiter ausgesponnen
und den Zeitverhältnissen angepaßt sind.

Eine Fortsetzung der Abenteuer des Lazarillo, eben-
falls von einem unbekannten Verfasser, ist 1555 in Antwerpen veröffentlicht worden. Der Erfolg dieses ersten
Schelmenromans war außerordentlich und reizte zur Nachahmung. Unter dem Titel Atalaya (Wartturm) de la

vida humana erzählte Mateo Aleman aus Sevilla 1599
die Abenteuer eines ähnlichen Schelmen, Guzman de
Alfarache, und hatte bald unter demselben literarischen
Mißbrauch zu leiden wie der Verfasser des Don Quixote.
Unter dem Pseudonym Mateo Luxan de Sayavedra ver=
öffentlichte, bevor Aleman den zweiten Teil seiner Atalaya
herausgegeben hatte, Juan Marti aus Valencia 1603 einen
zweiten Teil des Buches. Dieser Eingriff veranlaßte
nun Mateo Aleman, seine Eigentumsrechte zu wahren,
den zweiten Teil des echten Guzman de Alfarache zu
schreiben und Luxan de Sayavedra als Dieb und Gauner
hinzustellen. Im Gegensatz zum kernigen Stil, durch
den sich der Lazarillo empfiehlt, ist die Sprache Alemans
von gelehrter Fülle und Weitschweifigkeit. Den Gipfelpunkt
des Absonderlichen und der gesuchten Unverständlichkeit
erreicht ein anderer Roman dieser Gattung, La pícara
Justina, welchen der Dominikaner Andres Perez aus León
1605 unter dem falschen Namen Francisco López de Ubeda
herausgab.

Die große Beliebtheit, deren sich die Schelmen=
romane erfreuten, zeigt sich zunächst in der reichen Zahl
von Nachahmungen, die sich an die ebenerwähnten ersten
Erscheinungen auf diesem Gebiete anschlossen.*) Ein
stilistisches Meisterwerk, jedoch stofflich an den Lazarillo
nicht heranreichend, ist des Francisco de Quevedo y Villegas
Erzählung: „Lebensgeschichte des Spitzbuben Don Pablos“.
Es fehlen ihm die feinen Züge, die den ersten Schelmen=
roman auszeichnen; verschiedene Anzeichen (so auch die
Vorliebe für Schüler= und Studentenstreiche) weisen darauf
hin, daß der Tacaño ein Jugendwerk Quevedos ist;
wahrscheinlich bald nach 1600 verfaßt, erschien die Schrift

---

*) Schultheiß, Albert: Der Schelmenroman der Spanier
und seine Nachbildungen, Hamburg, 1893.

erft 1626 (in Zaragoza) und gewann, wie die zahlreichen Ausgaben bezeugen, raſch große Verbreitung. Im Jahre 1618 erſchienen zu Madrid die Relaciones de la vida del Escudero Marcos de Obregon, verfaßt von dem auch als Lyriker bekannten Vicente Espinel. Der Held der Er= zählung verläßt in jungen Jahren das väterliche Haus, um ſein Glück zu ſuchen, wird Student, Kriegsmann, beſucht Italien, lebt eine Zeitlang als Gefangener in Algier und bereiſt ſchließlich einen großen Teil Spaniens. Dieſem Buche hat Leſage manche Züge ſeines Gil Blas entnommen; die ganzen Relaciones wurden von Tieck ins Deutſche überſetzt.*) Ihm und dem Lazarillo ſtofflich nahe verwandt iſt auch El donado hablador Alonso, moço de muchos amos, verfaßt von einem Arzte aus Segovia Gerónimo de Alcalá Yañez y Ribera. Obgleich in Dialog= form, iſt die Schrift dennoch eine Autobiographie, die uns die Schickſale des Helden als Diener eines Offi= ziers, eines Meßners, eines Advokaten u. a. ſchildert. Dieſem erſten 1624 erſchienenen Teil folgte 1626 eine Fortſetzung, die von den Abenteuern Alonfos unter den Zigeunern und ſeiner Gefangenſchaft in Algier berichtet. Verwandt mit dieſen Autobiographien iſt auch die zuerſt 1646 in Antwerpen, dann 1652 in Madrid erſchienene Vida y hechos de Estevanillo Gonzalez, hombre de buen humor, compuesta por el mismo. Die Schelmenromane, für die Spanien unbeſtritten das urſprüngliche Eigen= tumsrecht geltend machen kann, fanden in Frankreich, Italien, England und Deutſchland vielen Beifall; Nach= wirkungen derſelben ſind die Werke Grimmelshauſens,

---

*) Leben und Begebenheiten des Escudero Marcos Obregon. Aus dem Spaniſchen zum erſtenmal in das Deutſche übertragen und mit Anmerkungen und einer Vorrede begleitet von L. Tieck, Breslau, 1827.

vor allem der Abenteuerliche Simplicissimus (1669), sowie die Romane Lesages, von denen der Gil Blas (1715) der berühmteste ist.

Für Spanien wird der satirische Schelmen= und Abenteurerroman auch dadurch bedeutsam, daß er dem größten Meister spanischer Prosa in seinen unsterblichen Schöpfungen nachhaltige und fruchtreiche Anregung geboten hat.

Miguel Cervantes de Saavedra wurde 1547, elf Jahre vor dem Tode Karl V., zu Alcalá als Sohn des sehr mäßig begüterten Edelmannes Rodrigo de Cervantes geboren und am 9. Oktober des genannten Jahres getauft. Er studierte in Madrid, wo Juan López de Hoyos, ein würdiger Geistlicher, den Jüngling zu seinen Lieblings= schülern zählte. Einundzwanzig Jahre alt, zog Cervantes mit Kardinal Giulio Acquaviva nach Rom und fand dort zuerst Gelegenheit, sich mit dem italienischen Schrifttum vertraut zu machen, das auf sein späteres Schaffen einen nicht zu verkennenden Einfluß übte; die dienende Stellung an der Seite des Kirchenfürsten behagte ihm jedoch nicht lange, und einem von dem Dichter später ausgesprochenen Grundsatz: „No hay mejores soldados que los que se trasplantan de la tierra de los estudios en los campos de la guerra" („Es gibt keine besseren Soldaten als jene, welche sich vom Felde ihrer Studien auf die Schlachtfelder begeben") folgend, machte er als einfacher Soldat den Krieg gegen die Türken mit, kämpfte bei Lepanto (1571) und wurde durch einen Büchsenschuß an der linken Hand schwer verletzt. Der Entscheidungs= kampf, der bei Cervantes eine bleibend schmerzliche Er= innerung zurückließ, hatte tiefen Eindruck auf ihn gemacht; das Bewußtsein der Teilnahme an dem Kampf für Nation nnd Glauben hat ihn noch in späteren Jahren mit Stolz erfüllt, dem freilich eine gewisse Resignation beigemischt war. Kaum geheilt, ergriff er von neuem die Waffen und machte einen weiteren Feldzug in Afrika mit; auf der Heimkehr wurde er von Korsaren gefangen genommen, die ihn nach Algier brachten. Dort blieb er fünf Jahre hindurch als Gefangener in Knechtschaft; über diese Zeit erzählt der Cautivo im Don Quixote ergreifende Einzelheiten; auch das Schauspiel „El Trato de Argel" führt erschütternde Szenen aus der Leidenszeit des Dichters vor. Endlich losgekauft, wandte er sich wieder dem Kriegsdienst zu und beendete 1584 seine Lehr- und Wanderjahre. Die Neigung zu Catalina de Palacios, einem Mädchen aus vornehmer, aber armer Familie, das er heiratete, mag ihn zur Abfassung der Galatea, eines Hirtenromans, angeregt haben, der — in der Art der seiner Zeit viel bewunderten Diana enamorada des Jorge de Montemayor — freilich die jener Dichtungsart anhaftenden Mängel teilt, sich aber auch durch Reichtum der Erfindung und tiefes zärtliches Empfinden auszeichnet. Das Gedicht machte Cervantes bekannt und ermutigte ihn, sich weiter dichterisch, und zwar auf dramatischem Gebiete, zu versuchen. Cervantes gebrach es jedoch an eingehendem Verständnis für die Bühnentechnik und überhaupt an Fülle dramatischer Kraft; auch sollte bald das glänzende Talent Lope de Vegas, das eben aufging, die Schöpfungen seines auf diesem Felde nicht ebenbürtigen Rivalen verdunkeln. Das beste Stück unseres Dichters ist die (1784 zuerst gedruckte) Tragödie Numancia. Von nationalem Geiste durchweht, schildert sie den heroischen Widerstand, den jene Stadt dem Ansturm der Römer entgegenstellte.

Dunkel in jeder Beziehung ist der darauffolgende Abschnitt im Leben des geprüften Dichters. Er war ge=

zwungen, die Stelle eines Geschäftsagenten anzunehmen
und rückständige Steuern in der Provinz Granada ein=
zutreiben, wobei er im Jahre 1597 wegen eines geringen
Versehens im Rechnungsergebnisse zu Sevilla in Haft
genommen wurde. Ein längerer Aufenthalt in der
Mancha ist durch kein dokumentarisches Zeugnis beglaubigt,
vielmehr darf als sicher gelten, daß der Dichter während
der letzten vier Jahre des Jahrhunderts fast ununter=
brochen in Sevilla weilte. Ob des Dichters Angabe,
daß der Don Quixote im Kerker entstand, begründet ist
oder nicht: gewiß bedeutet jene Zeit für Cervantes den
Stand tiefster Erniedrigung, aber auch andererseits eine
Zeit der Sammlung und die Morgenröte größten Ruhmes.
Der erste Teil des Romans „El ingenioso Hidalgo Don
Quixote de la Mancha“ erschien 1605 zu Madrid, der
zweite Teil zehn Jahre später, nachdem inzwischen bereits
ein gänzlich Unberufener, A. Fernández Avellaneda, durch
seine Fortsetzung ein freches Plagiat an dem Werke be=
gangen hatte. Mittlerweile erschienen die Novelas ejem-
plares (1613). Einige derselben, wie z. B. El curioso
impertinente (in den ersten Teil des Don Quixote auf=
genommen) sind weit früher verfaßt; eine andere Novelle,
die Cervantes zugeschrieben wird, La tia fingida, Jahr=
hunderte hindurch verschollen, ist erst 1814 veröffentlicht
worden. Die „Musternovellen“ entsprangen verschiedenen
Anlässen, sind eigenartig in dem Wechsel der Szenerie,
reich an Erfindung und können sich in dieser Beziehung
mit dem Don Quixote messen; eine der köstlichsten unter
ihnen, Rinconete y Cortadillo, steht unter dem unver=
kennbaren Einfluß der Novela picaresca, ist aber keine
Autobiographie. — Von den übrigen Schöpfungen des
Dichters sind — außer den anziehenden und lebendigen
Zwischenspielen — namentlich El viage del Parnaso, eine

Revue der zeitgenössischen Dichter mit eingestreuten
satirischen Bemerkungen, sowie der Reiseroman Persiles
y Sigismunda — dieser kurz vor seinem Tode geschrieben,
dabei ein Zeugnis unverwüstlicher Heiterkeit und Geistes=
frische — zu erwähnen.

Keines der Cervantinischen Werke hatte so nach=
haltigen, die spätere Dichtung so bestimmenden Erfolg
wie der Don Quixote, der zu den Kleinoden der Welt=
literatur gehört. Man hat in dem Roman eine Satire
auf den Herzog Medina Sidonia erkennen wollen; eine
Ausgeburt der Torheit war es, wenn man in ihm eine
Parodie auf Karl V. erblickte. Die verbreitetste Meinung
über die Absicht des Dichters schließt sich seinen eigenen
Worten an: der Zweck der Dichtung sei es gewesen, dem
Fanatismus für die Ritterromane zu steuern. Aber auch
von diesem Standpunkte aus wird jeder ernste Richter
zugeben müssen, der Stoff sei dem Dichter weit über die
ursprüngliche Absicht hinausgewachsen; nicht zu übersehen
ist jedoch, daß einerseits die Leidenschaft für Fabrikation
und Lektüre der Ritterromane gegen Ende des 16. Jahr=
hunderts erheblich nachgelassen hatte, andererseits an der
Stelle, wo Cervantes den fingidas historias de los libros
de Caballerías seinen verdadero Don Quixote gegenüber=
stellt, die Ironie sinnfällig durchschlägt. Ein Kunstwerk
von dem Gehalt des Don Quixote ist Selbstzweck;
soll schon von einer Absicht des Dichters die Rede sein,
so liegt diese gewiß tiefer als in einer literarischen
Polemik. Die universelle Bedeutung des Don Quixote
gründet sich darauf, daß der geniale Schöpfer, trotzdem
er ein ungemein anschauliches Bild der damaligen spa=
nischen Zustände liefert, in höherem Sinne von Land
und Volk abstrahiert und das Bild des wähnenden und
irrenden Menschen vorführt, so jedoch, daß trotz aller

Karikatur die Sympathie für den zwar stets verkehrte Mittel anwendenden, aber im Grunde von edelster Absicht erfüllten Helden ungeschwächt erhalten, ja bis zum Ende noch gesteigert wird. Das Relief, in welches der Dichter ihn setzt, wird erhöht durch die Zeichnung des Knappen, des Sancho Pansa, der Verkörperung banausischer Interessen, von denen der ideale Flug des Don Quixote sich umsodeutlicher abhebt. So schuf Cervantes „in der Darstellung des Idealismus und des Realismus den humoristischen Roman. Den Realismus hatte der Schelmenroman in die Prosaerzählung eingeführt, bei Cervantes wurde er durch Verbindung mit dem Seelenleiden des Dichters geadelt." (Baist.) Tatsächlich fällt es schwer, die Parallele zu verkennen, die sich zwischen dem Irren und Streben des Helden der Dichtung und der Laufbahn des Dichters selbst ergibt, der als heroischer Kämpfer in der Völkerschlacht bei Lepanto begann und nach mehr als zwei Dezennien besten Mannesalters, da er den Plan zu seinem unsterblichen Werke faßte, mit Not und Bedrängnis zu ringen hatte. Durch die unendliche, ja verwirrende Fülle der Erfindung, die ein anziehendes Bild nach dem andern hervorzaubert, ist der Don Quixote ein wirklicher libro de entretenimiento geworden, ein Unterhaltungsbuch im edelsten Sinne, das jedem Leser in jedem Alter stets neue Freude bereitet. Fehlt auch dem Roman strenge Einheit der Anlage, sind auch die logischen Fäden darin oft nur sehr lose geknüpft, so ist er gleichwohl durch die angedeuteten Vorzüge, sowie durch die Schätze milder Weisheit und abgeklärter Lebenserfahrung, die er enthält, ein Meisterwerk geworden, wert als eines der köstlichsten Besitztümer der Menschheit immerdar geschätzt zu werden. Diese berechtigte Anerkennung hat denn auch nicht gefehlt; wenige

Bücher sind so oft aufgelegt, übersetzt, dichterisch und schriftstellerisch verwertet worden wie der Don Quixote. Allein über die illustrierten Ausgaben des Werkes, die ebensoviel Zeugnisse bilden, welche ungeheure Anregung es dem Zeichner und Maler bot, gibt eine umfassende Bibliographie Kunde.*)

2. Das Drama.

Das spanische Drama in seiner Blütezeit gehört zu den volkstümlichsten Erscheinungen auf dem Gesamtgebiete des neueren Schrifttums; es vertritt als nationale Kunst= form das spanische Heldenlied des 12. und 13., die Romanze des 14. und 15. Jahrhunderts. Was als er= hebende Erinnerung aus der Vorzeit, als ernste Glaubens= sache oder als aktuelles Ereignis das Volk bewegte, wurde

---

*) Ashbee, H. S.: An inconography of Don Quixote 1605—1895, London, 1895 (Illustrated Monographs III). Hauptwerk für cervantinische Bibliographie ist Rius, Leopoldo: Bibliografía crítica de las obras de Miguel de Cervantes Saavedra, Barcelona, 1895—1899, 2 Bände, das Ausgaben, Übersetzungen, Biographien, Kommentare, Nachahmungen in fast 2000 Nummern anführt; Bd. II, 130 sind auch die neuen biographischen Beiträge von Pérez Pastor, Cristóbal: Documentos Cervantinos hasta ahora inéditos, Madrid, 1897, kritisch be= sprochen. Die Tabelle II, 396 stellt 647 Originalausgaben und Übersetzungen (in die französische, englische, italienische, deutsche, russische, holländische, schwedische, ungarische, portugiesische, polnische, katalanische, dänische, tschechische, griechische, serbische, rumänische, kroatische, finnländische und türkische Sprache) zu= sammen. Hierzu kommt noch in jüngster Zeit: Don Quixote de la Mancha. Primera Edición del texto restituido. Con notas y una introducción por Jaime Fitzmaurice-Kelly y Juan Ormsby, Londres, 1898—1899. David Nutt. 2 Bände, 4°. „Die erste kritische Ausgabe des Don Quixote, eine monumentale Ausgabe, wie sie noch keinem Werk der spanischen Literatur in oder außerhalb Spaniens zu teil geworden ist." (Gröber.)

auf der Bühne dargestellt. So entspricht es denn dem
Wesen der dramatischen Kunst der Spanier, daß deren
Äußerungen nicht bloß im allgemeinen die alten Volks=
sagen benützen, sondern, wie bereits gezeigt wurde (S. 41),
sich zum Teil geradeswegs auf Romanzen aufbauen.
Darauf gründet sich nun der Einfluß der nationalen
Bühne auf die breite Masse des Volkes. Glauben und
Nationalität, die Triebfedern der Reconquista, liefern zu=
sammen mit bemerkenswerten zeitgenössischen Erscheinungen
die Hauptvorwürfe für szenische Darstellung. So sehen
wir biblische Stoffe, Heiligenlegenden, Traditionen aus
der heimischen, zum Teil auch aus der den Spaniern
geläufigen fremdländischen Geschichte, ältere Erzählungen
der verschiedensten Art ebenso verwertet, wie die dem
Volke noch geläufigeren Szenen aus dem zeitgenössischen
Leben, in denen Helden galanter Abenteuer und ritter=
licher Kämpfe, eifersüchtige Damen, einfältige und witzige
Diener (Graciosos, später zu lebendigen Glossen der Aktion
ausgestaltet) die ihnen entsprechende Rolle spielen.

Wir unterscheiden demnach zunächst die Gruppe der
geistlichen Fest= oder Sakramentspiele, unter diesen das
Auto sacramental, welches dem Wesen nach den ältesten
uns bekannten religiösen Festspielen ähnlich ist, dann die
Comedia de Santos, die, obwohl religiösen Grundcharakters,
sich in der Technik von dem weltlichen Drama nicht wesentlich
unterscheidet. In diesem wieder muß das Mantel= und

Die beste Würdigung des Don Quixote als sozialen Roman
gibt Morel-Fatio, Alfred: Études I², 1895, 295 ff.: Le Don
Quixote envisagé comme peinture et critique de la société
espagnole du XVIᵉ et du XVIIᵉ siècle. Das auffallende Urteil
über den Verfasser des Don Quixote (S. 305): „Très habile
conteur et honnête homme" — solcher gibt es ja viele, doch
nur einen Cervantes — ist von Morel-Fatio selbst an anderen
Stellen des Aufsatzes modifiziert worden.

Degenſtück (Comedia de capa y espada) von der Comedia
del teatro (de aparencias), einem großes ſzeniſches Rüſt=
zeug erfordernden Hoffeſtſpiel, dem Königsdrama im wei=
teren Sinne, unterſchieden werden. Außer dieſen eigent=
lichen Bühnenſtücken kennt das ſpaniſche Theater noch die
Loa (den Prolog) und den Entremés (das Zwiſchenſpiel),
welch letzteres ſich zum Saynete oder Baile, d. h. zu dem
vom Geſange begleiteten Ballett entwickelt, endlich die
Zarzuela, die Operette.*)

Die feſte Bühne, der Haltpunkt für die Entwicklung
des Dramas, wird zu Beginn der Hochblüte des ſpaniſchen
Theaters in verſchiedenen Städten des Landes errichtet.
In der erſten Hälfte des 16. Jahrhunderts beſaßen
Valencia und auch Sevilla ſtehende Bühnen. Wenn ſich
die heutige Hauptſtadt in dieſer Beziehung erſt ſpäter an=
reiht, ſo erklärt ſich dies aus dem Umſtand, daß Madrid
zu jener Zeit bei weitem nicht die heutige Bedeutung
erlangt hatte und erſt 1561 zur Reſidenz erhoben wurde.

Zunächſt waren es fromme Brüderſchaften, Vereine,
zu wohltätigen Zwecken gebildet, die behufs Erhöhung
ihrer Einkünfte den Madrid beſuchenden Schauſpieler=
truppen Lokale zur Abhaltung dramatiſcher Aufführungen
zur Verfügung ſtellten. Es ſind dies die Cofradia de la
pasión, die 1565 zuſammentrat, ſowie die Cofradia de
Nuestra Señora de la Soledad (1567). Wir ſehen da
Kranken= und Schauſpielhaus in einer damals unauf=
fälligen Verbindung; in dieſer Beziehung war Valencia
ſchon 1526 mit einem ähnlichen Beiſpiel vorangegangen.
Eigentliche ſtehende Bühnen erſcheinen in Madrid 1579
(Teatro de la Cruz) und 1582 (Teatro del Príncipe),

---

*) Dieſer auch heute durchgängig gebrauchte Name ſtammt
von der königlichen Reſidenz la Zarzuela, wo der Hof ein
Theater beſaß.

Corrales genannt, Hinterhöfe von Häusern, in denen der größere Teil der Zuschauer Platz nahm, während Fenster des Hauptgebäudes und der umliegenden Häuser Logen für den Adel und für die Begüterten abgaben; im Hintergrunde befand sich die Bühne.

Die Geschichte des spanischen Dramas in seiner aufsteigenden Entwicklung bis zu den Meisterschöpfungen verzeichnet neben Enzina und Rojas die Namen Lucas Fernández, Diego de San Pedro, Torres Naharro, Lope de Rueda, Juan de la Cueva, Lupercio Leonardo de Argensola u. a. Der geistvolle Portugiese Gil Vicente, der „Vater des portugiesischen Dramas", verdient gleichfalls hier Erwähnung, weil er auch Stücke in kastilianischer Sprache geschrieben hat, die in Spanien bekannt und nicht ohne literarischen Einfluß waren. Den Namen Auto braucht er schon ungefähr im späteren Sinne für Dramen religiösen Inhalts. Gil Vicente — etwa 1502 bis 1536 als dramatischer Dichter tätig — ist ebenso wie Lucas Fernández und Diego de San Pedro Nachahmer Enzinas; auch Torres Naharro, ein Zeitgenosse der Genannten, dessen gesammelte Werke unter dem Titel „Propaladia" zuerst 1517 in Neapel erschienen, ist in einigen seiner Stücke noch wesentlich von Enzina beeinflußt, andere Dramen Naharros („Serafina", „Himenea", „Aquilana") zeigen merkliche Fortschritte und enthalten ihrem Wesen nach die charakteristischen Typen des späteren Schauspiels. Naharro ist mehr als Rueda in dieser Beziehung als Gründer des modernen spanischen Theaters zu betrachten; er führt durch einen bedeutenden Mittler, Juan de la Cueva, zu Lope de Vega hinüber. Seine Propaladia wird eingeleitet von lehrreichen Bemerkungen über das damalige Theater, mit besonderer Berücksichtigung der dramatischen Technik; Naharro ist auch der erſte, der den ſpäter beibehaltenen Ausdruck „Jornada" (die journée der älteren franzöſiſchen Spiele) für „Akt" gebraucht hat. Bei jedem ſeiner Stücke findet ſich ein Introito und ein Argumento als Einleitung, die dann zuſammen die ſpätere Loa, d. h. Vorſpiel, ergaben. Der oben genannte Lope de Rueba (blühte 1540—1566), ein Sevillaner Handwerker, zeichnete ſich durch hervorragendes Darſtellungstalent aus und unternahm mehrfache Künſtler= reiſen in Spanien, die ihn in weiten Kreiſen berühmt machten. Auch bei Hofe hat er Vorſtellungen gegeben; Cervantes weiß ſich aus ſeiner Jugendzeit noch des Talentes dieſes „ausgezeichneten und berühmten" Mannes zu erinnern. Trotz Ruebas klarem Blick für das Leben, trotz ſeiner Gabe, die Erſcheinungen desſelben in heiterer Ungezwungenheit wiederzugeben, iſt ihm das dichteriſch= bahnbrechende Talent verſagt. Er iſt, wie all die vorher= genannten dramatiſchen Autoren — Lupercio Leonardo de Argenſola, deſſen Hauptſtärke wie die ſeines Bruders Bartolomé in der Lyrik liegt, nicht ausgenommen — nur ein Vorläufer des eigentlichen dramatiſchen Genius der Hochblüte, desjenigen, der der ſpaniſchen Bühne ſein Zeichen aufdrücken, für die übrigen Dichter Beiſpiel und Lehre abgeben ſollte.*)

Felix Lope de Vega Carpio wurde am 25. No= vember 1562 zu Madrid geboren und zeigte eine ſo außerordentliche Frühreife — ſchon im Knabenalter ſoll

*) Die Quellennachweiſe für die Dramatiker vor Lope ziemlich vollſtändig bei Morel-Fatio, A. und Rouanet, L.: Le Théâtre Espagnol, Paris, 1900 (Bibliothèque de Bibliographies critiques No. 7) 6—14. Dem deutſchen Leſer ſeien außer den einſchlägigen Abſchnitten bei Schack, Klein und Schäffer noch die lichtvollen Ausführungen über den Gegenſtand in F. Wolfs „Studien", 557 ff. („Zur Geſchichte des ſpaniſchen Dramas") empfohlen.

er Hörer der Hochschule in Alcalá gewesen sein, und er
selbst erwähnt, daß er die Comedia „El verdadero Amante"
(„Der getreue Liebhaber") im 14. Lebensjahre geschrieben
habe —, daß er schon damals den Beinamen, der ihm
für die spätere Zeit blieb, „Monstruo de la naturaleza"
verdiente. Soviel aus den unsicheren Nachrichten, die
wir über seine Jünglingsjahre besitzen, erhellt, hatte er
in seiner äußeren, glücklichen und genußfreudigen Lebens=
führung Ähnlichkeit mit unserem Goethe. Lope besaß
eines der empfindsamsten und liebebedürftigsten Dichter=
herzen (yo nací en dos extremos que son amar y
aborrecer, „ich wurde zwischen zwei Extremen, Lieben
und Hassen, geboren", bekennt er selbst), und der Ver=
gleich zwischen dem deutschen und dem spanischen Dichter=
fürsten ließe sich auch mit Rücksicht auf ihre Beziehungen
zu den Frauen, aber ebenso dahin ausführen, daß beide
trotz vielbegehrtem und vielfach erlangtem Lebensgenuß
das Gemeine weit hinter sich ließen. Bei den wenigen
Stücken Lopes, die hier eine Ausnahme bilden, wie der
Galan castrucho, wird ebenso wie bei gewissen Szenen
der Celestina durch die Form der Darstellung, durch den
Zauber der Sprache das Niedrig=Lascive wenn nicht ge=
hoben, so doch verhüllt. Wie Cervantes diente auch Lope
in der spanischen Marine; mit weniger stolzem Bewußt=
sein als jener von Lepanto, kehrte Lope mit den Trümmern
der Armada 1588 in die Heimat zurück. Der Eindruck
der Katastrophe war, wie man weiß, in Spanien keines=
wegs der einer Lehre. Der selbstgefällige Stolz auf die
nationale Machtfülle und weltgebietende Größe findet in
Lope den genialsten Interpreten, und seine Stellung als
Sekretär im Hause Albas (bis 1595) war wohl geeignet,
ihn in dem Ausdruck dieses Selbstgefühls bei seiner
dichterischen Produktion zu bestärken. Lope wird gegen

des Jahrhunderts Ende bis zu seinem Tode (1635) der
unbestrittene Beherrscher der Bühne. Sein Wort gilt,
wie später das Voltaires, als das Orakel einer mit Über=
schwänglichkeit gefeierten dichterischen Hoheit; der Name
„Lope" wurde, wie Pérez de Montalban berichtet, „zum
allgemeinen Sprichwort, um eine gute Sache zu preisen."
Diese Bedeutung offenbart sich bei allem Wechsel in seinen
persönlichen Geschicken, auf seinen Reisen (nach Toledo,
Sevilla), steigt von dem Zeitpunkt an, da er Madrid
zum bleibenden Aufenthalt wählt (1610) und wächst ins
Ungemessene, als er nach dem Tode seiner zweiten Gattin
(1614) in den Priesterstand tritt, und seine Produktions=
kraft sich bis zu den äußersten Grenzen menschlichen
Könnens erweitert.   Frisch, natürlich, wie seine Lebens=
freude, bleibt auch sein künstlerisches Schaffen — Lope
ist ein in doppelter Beziehung Glücklicher, dessen Lebens=
stern nicht zu erblassen schien. Seine Fruchtbarkeit grenzt
ans Fabelhafte.   Außer den bereits erwähnten zwei
Epopöen Angélica und Jerusalem conquistada verfaßte
Lope fünf mythologische Gedichte: Circe, Andromeda,
Philomela, Orfeo, Proserpina, vier größere historische Ge=
dichte, darunter San Isidro (Lebensgeschichte des h. Isidor
„Labrador", des Ackermanns, des Patrons von Madrid)
und Dragontea (Drachenlied, das sich leidenschaftlich gegen
den gefürchteten Feind Spaniens, Sir Francis Drake,
wendet), und ein in seiner Meisterschaft ganz einziges,
burleskes Epos, die Gatomaquia; ferner eine Reihe von
Lehrgedichten, darunter den Arte nuevo de hacer comedias,
die Ars poetica der neuen Schule, mit anziehenden Auf=
schlüssen über Lopes Ansichten von der Technik des Dramas,
auch über die bekannten drei Regeln, die der Meister hier
anerkennt, in der Praxis aber, eben als Meister, der die
Form zerbricht, nicht befolgt hat.   Doch nicht auf diese

Gedichte, nicht auf die Unzahl von Sonetten, Romanzen, Oden, Elegien, Episteln gründet sich Lopes Hauptruhm, sondern auf sein Theater. Nach seiner eigenen Angabe hat er 1500 Comedias verfaßt, die mehr als fünf Millionen Verse (meist gereimte oder assonierende Trochäen, untermischt mit Oktaven, Sonetten, Terzinen) gezählt haben dürften; in diese Zahl sind Hunderte von Autos, Loas und Entremeses nicht einbezogen. Von den Comedias sind etwa 500 erhalten, jedoch nicht sämtlich gedruckt; die Gesamtausgabe der dramatischen Werke Lope de Vegas, ein Riesendenkmal, das dem Dichter eben gesetzt wird, hat die Academia Española unternommen.*) Erst nach Abschluß dieser, von Marcelino Menéndez y Pelayo mit trefflichen Einleitungen versehenen Ausgabe wird sich die außerordentliche Vielseitigkeit des Dichters bei Wahl und Bearbeitung so zahlreicher Vorwürfe erkennen und abschätzen lassen.**) Soviel steht heute fest, daß Lope, im wesentlichen unberührt von jenen höfischen Einflüssen, die sich erst unter Philipp IV. geltend machten, als dramatischer Herold nationalen Ruhmes durchaus auf volkstümlichem Boden fußt, daß er begeistert die glänzendsten Episoden der spanischen Geschichte auf der Bühne

---

*) Obras de Lope de Vega, publicadas por la Real Academia Española, Madrid, 1890 ff. Der erste Band enthält die ausführliche Biographie des Dichters von Cayetano Alberto de La Barrera und einen reichen bibliographischen Anhang. Letzterschienener Band XII (1901).

**) Die von Menéndez y Pelayo vorgenommene Einteilung der Dramen Lopes nach ihrem Stoffe unterscheidet 15 Gruppen, nämlich: 1) u. 2) Comedias fundadas en asuntos del Antiguo y Nuevo Testamento; 3) C. de vidas de Santos; 4) Leyendas ó tradiciones devotas; 5) C. mitológicas; 6) C. de la historia clásica; 7) C. de historia extranjera; 8) C. de la historia patria; 9) C. pastoriles; 10) u. 11) C. caballerescas; 12) C. románticas; 13) bis 15) C. de costumbres.

darstellt*), in der Fülle anderer, nur zum Teil aus
den romantischen Epen und Novellen der Italiener ge=
holter Stoffe, in verwirrend reicher Erfindung, in geist=
voller Charakteristik, namentlich des Liebeslebens der Frau,
in der Schilderung ländlichen Wesens ein Meister, über=
haupt einer der größten Dichter aller Zeiten ist. Die
Kraft, „die Überlegenheit über das Werk in das Werk
selbst hineinzutragen", besitzt er in ebenso hohem Maße
wie Goethe. Der Wohllaut der Sprache, welche Lope
mit größter Frische, Leichtigkeit und Fülle — hierin sogar
manchmal ins Lager der von ihm bekämpften Kulteranisten
(Anhänger der besonders von Góngora gepflegten schwül=
stigen und mit Bildern überladenen Stilart) übergehend —
beherrscht, erhöht den Zauber seiner Dichtungen, von denen
freilich heute die meisten mehr den Literaten als der großen
Masse der Theaterfreunde gehören. Der Grund hierfür
liegt darin, daß diese Schöpfungen, den geistigen Strö=
mungen jener Zeit entsprechend, sehr wesentlich die volks=
tümlichen Ideenkreise Spaniens im 16. und 17. Jahr=
hundert zum Ausdruck bringen. Lope bekennt selbst, daß
er den Zeitströmungen, dem Beifall der Menge zu sehr
nachgegeben, sich von diesem habe fortreißen lassen: das
erklärt denn auch sein Hasten und Drängen nach neuen
Stoffen, seine fabelhafte Produktionsfülle. Wir haben
tatsächlich keinen Grund, an der uns überlieferten Nach=
richt, Lope habe manche Dramen in 24 Stunden gemacht,
zu zweifeln. Aus dieser Überproduktion ergab sich eine
gewisse Flüchtigkeit und eilfertige Oberflächlichkeit, deren
Spuren die Mehrzahl seiner Schöpfungen aufweist.

---

*) Das Urteil Schacks (Spanisches Theater, Stuttgart, I,
12): „Man könnte aus seinen historischen Stücken eine Reihen=
folge herstellen, in welcher die ganze spanische Geschichte von den
Westgoten an bis zu seiner eigenen Lebenszeit vorgeführt würde"

Neben der großen Zahl von Schauspielen Lopes, die unter den bezeichneten Mängeln leiden, schuf er jedoch auch eine Reihe ganz ausgezeichneter Stücke, auf denen vorzüglich die allgemeine und bleibende Bedeutung des Dichters beruht. Nichts bestätigt diese Tatsache besser als der Umstand, daß Lopes Bühnenwerke einen unerschöpflichen Born der Anregung für die späteren Bühnendichter bildeten. „Lope war der Anfang und das Ende des Schauspiels", sagt ein Ungenannter schon wenige Jahre nach dem Tode des Meisters, und dieses Lob wurde insofern in die Tat umgesetzt, als nicht bloß spanische Dichter, unter ihnen selbst die hervorragendsten, wie Calderon (z. B. in seinem „Alcalde de Zalamea") sich von Lope ihre Vorwürfe holten, sondern auch das Drama der Weltliteratur aus Lopes Theater eine auch noch in der Gegenwart wirksame Anregung schöpfte. Italiener, Franzosen, Niederländer, Engländer und Deutsche haben Lopes Theater studiert und verwertet, unter den Neueren niemand mit gleicher Begeisterung und besserem Verständnis als Franz Grillparzer. Vergegenwärtigt man sich, was früher über Lope, den echten Spanier der Glanzzeit, den Herold dieser ruhmreichen Periode, gesagt wurde, so wird klar, in welcher Art und nach welcher Seite hin seine Dramen wirken konnten: nicht diese als solche, in Aufbau und Durchführung, sondern der Reichtum üppigster Erfindung und die Phantasie, die sie auszeichnen, haben nachhaltige Spuren hinterlassen. Das beste Beispiel hierfür bietet wieder Grillparzer, dessen Verhältnis zum spanischen Meister jüngst eingehend ge=

findet jetzt Bestätigung durch die Bd. 7 ff. der oben erwähnten Gesamtausgabe neu herausgegebenen Crónicas y Leyendas dramáticas de España.

würdigt wurde.*) Die Anregung, die der österreichische
Dichter von dem spanischen erhielt, äußerte sich nicht
sowohl in Entlehnungen, sondern in Umdichtungen;
manchmal sind es bloß Hinweise, Winke, die sich Grillparzer von Lope geben ließ. In solcher Weise treten
außer anderen Dramen Grillparzers „König Ottokars
Glück und Ende", „Des Meeres und der Liebe Wellen",
„Weh dem, der lügt", „Die Jüdin von Toledo" und
„Esther" zu Lopes „La Imperial de Oton", „Los tres
diamantes", „Despertar á quien duerme", „La Judía de
Toledo" und „La hermosa Ester" in Beziehung.

Von andern Stücken Lopes, die Umdichtungen er-
fuhren und so zum Teil heute noch der Bühne erhalten
blieben, seien erwähnt:

„La Estrella de Sevilla" („Der Stern von Sevilla");
so heißt die schöne und tugendhafte Estrella Tabera,
welche die Bewerbungen des Königs Sancho, ja auch
den Bund mit ihrem Verlobten Sancho Ortiz zurückweist,
weil dieser, freilich durch den Befehl des Königs gezwungen, ihren Bruder getötet hatte (Schäffer I. 93,
Günthner, Studien, 66). Übersetzt von E. J. G. Otto
von der Malsburg — zusammen mit „El mejor alcalde
el rey" („Der beste Richter ist der König") und „La
moza del cántaro" („Das Krugmädchen") — unter dem
Titel: „Stern, Zepter und Blume", Dresden, 1824 und
bearbeitet von J. Chr. Freih. v. Zedlitz, zuerst 1829 erschienen und dann in den 1. Teil seiner dramatischen
Werke, Stuttgart, 1860, aufgenommen.

„La fuerza lastimosa" („Der unheilvolle Zwang");
behandelt im wesentlichen den Vorwurf der berühmten
alten Romanze vom Grafen Alarcos und der Infantin

---

*) Farinelli, Arturo: Grillparzer und Lope de Vega,
Berlin, 1894.

Solisa, deren Schicksale in der Weltliteratur (auch mit
Berücksichtigung Lope de Vegas) jüngst Egidio Gorra
(Fra Drammi e Poemi, Milano, Hoepli, 1900, 1 ff.) ein=
gehend verfolgte. Als tragischer Held erscheint hier Graf
Enrique, der mit Isabel, Gräfin von Barcelona, ver=
mählt ist und auf Befehl seines Lehnsherrn, des Königs
von Irland, seine Gattin töten muß, um des Königs
Tochter, Dionisia, zu ehelichen. In deutscher Übersetzung
erschien nur ein Auszug. Ins Französische übersetzten das
Stück J. Esménard (Chefs d'œuvre du théatre espagnol.
Lope de Vega. Paris, 1822, Bd. II, 1 ff.) und Eugène
Baret (Paris, Didier, 1874, I, 127 ff.)

„El villano en su rincon" („Der Bauer in seinem
Winkel"). Der Inhalt des Stückes, in dem der König
von Frankreich von dem Bauer Juan bewirtet wird und
diesem wieder Gastfreundschaft erweist, ist durch F. Halms
freie Bearbeitung: „König und Bauer" (Wien, 1842;
Werke IV, 1873), die sich im Spielplan der deutschen
Bühne dauernd erhält, bekannt.

„El mayor imposible" („Das Unmöglichste von allen").
Beantwortung der Frage, was das Allerunmöglichste sei,
durch die Königin Antonia von Neapel: ein Weib zu
hüten. Ins Deutsche übersetzt von Ludwig Braunfels,
Dramen aus und nach dem Spanischen, Frankfurt, 1856,
Teil II, und für die Bühne bearbeitet von Eugen Zabel
unter dem Titel: „Der Tugendwächter", Berlin, 1894.

Das anmutige Lustspiel „Amar sin saber á quien"
(„Lieben, ohne zu wissen, wen"), eine reizende Schil=
derung, wie Don Juan und Doña Lisarda einander lieben,
ohne Namen und Stand des geliebten Wesens zu kennen,
um dann nach einer Reihe von Verwicklungen vereinigt
zu werden, ist weder ins Deutsche übersetzt, noch für die
deutsche Bühne bearbeitet worden. Pierre Corneille be=

nützte das Stück in seiner „Suite du Menteur"; Baret
a. a. O. II, 415 ff. und Damas Hinard, Théâtre de Lope
de Vega, Paris, 1881, 2 vol. II, 276 ff. lieferten eine
französische Übersetzung.*)

Im Vergleich mit Lope ist ein anderer Bühnendichter
lange nicht so gewürdigt worden, als er es verdiente,
Fray Gabriel Tellez, bekannter unter dem Pseudonym
Tirso de Molina.**) Sein Leben und dichterisches Schaffen,
sein Einfluß auf das spanische und außerspanische Drama
blieben lange verschleierte Größen, die in ihrem vollen
Wert zu erkennen der neuesten Zeit vorbehalten blieb.

Ende 1571 oder Anfang 1572 in Madrid geboren,
studierte Tirso wie Lope in Alcalá und wurde 1619
Comendador des Mercenario-Konvents in der kleinen
Stadt Trujillo. Um diese Zeit muß er jene Ausflüge
nach Galicien und Portugal unternommen haben, von
denen seine Werke so vielfache und merkwürdige Zeugnisse
ablegen. Zu diesen gehört auch das von ihm aufge-
nommene anapästische Tanzmaß, jener Vers, der in
Spanien verso de la gaita (Dudelsackpfeife) gallega heißt.
1620 erschien die erste größere Probe seiner literarischen
Tätigkeit, die Cigarrales de Toledo, eine Sammlung von

---

*) Günthner, Engelbert: Studien zu Lope de Vega. Rott-
weil, 1895 (Programm), liefert eine reichhaltige Zusammenstellung
der Aufführungen, Nachahmungen, Bearbeitungen und Übersetzungen der dramatischen Werke Lope de Vegas außerhalb
Spaniens im 17., 18. und 19. Jahrhundert. Zu den in der
gleichfalls sehr verdienstlichen Bibliographie S. 3—27 genannten
Werken der Lope de Vega-Literatur kommt jetzt noch: Wurzbach,
Wolfgang von: Lope de Vega und seine Komödien. Leipzig,
1899 (mit anderwärts bisher nicht veröffentlichten Analysen verschiedener Stücke).

**) Muñoz Peña: El Teatro del Maestro Tirso de Molina,
Valladolid, 1889. — Cotarelo y Mori, Emilio: Tirso de Molina,
Madrid, 1893.

Novellen, Dramen (darunter die vortrefflichen Stücke „El celoso prudente" und „El vergonzoso en Palacio"), anderen Dichtungen und literarischen Streifzügen; ein in dieser Sammlung enthaltenes Manifest zur Verteidigung des Theaters und der Freiheit der Kunst erhellt die Beziehungen eines damaligen Ordensmannes zur Bühne.

Auf einer Reise nach Santo Domingo berührte Tirso de Molina Sevilla und dort soll er den Stoff zu dem Burlador de Sevilla (Don Juan) gefunden haben, der freilich durch Molières Nachahmung und durch Mozarts unsterbliche Oper größeren Ruhm gewann als durch die erste, zeitweilig ganz vergessene spanische Bearbeitung. Der Burlador erscheint aber in keiner der von Tirso herausgegebenen Dramensammlungen, und auch innere Gründe sprechen gegen seine Autorschaft.*)

In seiner Laufbahn als Geistlicher wurde unser Dichter Chronist, Provinzial, endlich Comendador seines Ordens in Soria und war während dieser Zeit teils mit Abfassung seiner Komödien (deren Zahl sich angeblich auf mehrere hundert belief, von denen jedoch außer einigen Loas, Entremeses und Autos nur etwa 70 erhalten sind), teils mit Angelegenheiten seines Ordens, teils mit historischen Arbeiten beschäftigt. Seine Historia General de la Orden de la Merced, durchweg Autograph, ist noch erhalten.

Tirso bleibt in seinen Dramen Jünger Lopes und wenn er gleich in manche Fehler des Meisters geriet und ihm auch in der mangelhaften, die poetische Gerechtigkeit manchmal geradezu verletzenden Entwicklung der dramatischen Fabel, in der unzureichenden Begründung von

---

*) Farinelli, Arturo: Don Giovanni. Note critiche, Torino, 1896. (Gior. stor. della letter. italiana XXVII) und Cuatro palabras sobre Don Juan. in Homenaje á Menéndez y Pelayo, Madrid, 1899, I, 205 ff.

Situationen folgte, so überragte Tirso seinen großen
Vorgänger in der Schöpfung und Durchbildung dra=
matischer, namentlich komischer Charaktere, in der köstlichen
Kraft seines Humors und in der Gewandtheit des Dialogs.
Ebenso zeichnet sich Tirso, fast noch mehr als Lope, durch
eine den Melodienreichtum der spanischen Sprache in
allen Registern beherrschende Meisterschaft aus. „Nicht
genug, daß seine Verse die wohllautendsten sind, die je
in der musikreichen kastilischen Mundart gedichtet worden —
es gelingt ihm auch auf wunderbare Weise der einer
jeden Situation angemessene Lokalton" (Leop. Schmidt).
Darum haben auch vorzügliche und verständnisvolle
deutsch=spanische Übersetzer wie Graf Schack es fast als
ein Ding der Unmöglichkeit bezeichnet, Tirsos unendlich
variierender musikalischer Diktion in deutscher Sprache
gerecht zu werden.*)

Von der Meisterschaft unseres Dichters, ernste
Charaktere zu zeichnen, liegen bedeutende Proben vor.
„La prudencia en la mujer" („Der Frauen Klugheit")
gehört zu dem Großartigsten, was die spanische Literatur
aufzuweisen hat. Das Stück bildet eine ergreifende
Charakterschilderung der hoheitsvollen und staatsklugen
Königin=Witwe Maria, die während der Minderjährigkeit
ihres Sohnes Ferdinand IV. von Kastilien den Thron
gegen alle Fährlichkeiten zu verteidigen weiß, also einen
Vorwurf, der bis in die jüngste Zeit in Spanien von
aktueller Bedeutung war. Würdig reihen sich diesem
Stücke die „Escarmientos para el cuerdo" („Witzigungen

---

*) Analysen der Tirsoschen Stücke und deutsche Übersetzung
von „Don Juan" und „Marta la Piadosa" im 5. Bande des
von Moritz Rapp herausgegebenen „Spanischen Theaters" (Hild=
burghausen, 1868—1870, 7 Bde.): Tirso de Molina. Auswahl
und Übersetzung von Ludwig Braunfels, 1870.

für den Klugen"; die escarmientos beruhen auf der
fürchterlichen Erfüllung des Fluchs eines schmählich ver-
lassenen Mädchens, der ihren Verführer, Don Manuel
de Sosa, samt seiner Familie ereilt) an; in dem mystisch-
asketischen Drama „El condenado por desconfiado" („Der
ob seines Mißtrauens Verdammte", Tirso mit Grund abgesprochen) bleibt die Schilderung des einstigen bußfertigen
Eremiten Pablo, der durch Satans Verführung zum
Räuber wird, und des Banditen Enrico, der ob treuer
Fürsorge für seinen kranken Vater und durch dessen
Bitten die Seligkeit erlangt, während Pablo der Ver-
dammung anheimfällt, unserem Empfinden fremd. Wie
in Darstellungen tiefernsten Inhalts gefällt sich Tirso,
namentlich in seinen Lustspielen, unter denen „Don Gil
de las calzas verdes" hervorragt („Don Gil mit den
grünen Hosen" ist Doña Juana, die ihren treulosen Liebhaber durch allerlei Ränke und listige Streiche wieder-
zugewinnen sucht)*), in der Wiedergabe von Liebes-
abenteuern und pikanten Szenen, die so reich mit In-
triguen ausgestattet, so anschaulich geschildert sind, daß
man in dem Verfasser einen persönlichen Zeugen, ja den
Protagonisten solcher Auftritte im wirklichen Leben, zu
erkennen glaubte. Diese Annahme ist aber irrig: man
vergaß, was weite Reisen und der Beichtstuhl dem
Ordensmann an Stoff bieten konnten. Tirso war ein
großer Dichter und ein vortrefflicher Priester; Welt und
Kloster waren, das zeigt gerade unser Dichter, während
der Blütezeit des spanischen Schrifttums innig verbunden.

Unter den vielen Dramatikern der spanischen Hochblüte sind nur einige, die nach Tirso und vor Calderons
Größe noch hervorragen. Fast alle stehen unter dem

---

*) Übersetzt von L. A. Dohrn in den „Spanischen Dramen"
Bd. I, Berlin, 1841.

Banue Lopes, so zunächst dessen Schüler Juan Pérez de Montalban, ferner Luis Vélez de Guevara und Antonio Mira de Amescua; selbständige Bedeutung haben Guillén de Castro und ganz besonders Juan Ruiz de Alarcón y Mendoza.

Guillén de Castro (1569 —1631) brachte das Mantel= und Degenstück mit bühnenmäßiger Kunstfertigkeit zur Geltung und ist stofflich gegenüber Lope insofern ein Neuerer, als er das Ehebruchsdrama auf der spanischen Bühne einführte. Einen Ruhmestitel Castros bilden seine Mocedades del Cid, in denen er den Reichtum der den Helden feiernden Romanzen lebensvoll und ergreifend verwertet: so daß durch P. Corneilles Nachahmung des Stücks („Le Cid“), welche die Handlung nach den bekannten „Regeln“ vereinfacht, aber in vielen Teilen dem Original genau folgt und es sogar wörtlich übersetzt, die alt= ehrwürdigen Cid=Romanzen heute noch auf der fran= zösischen Bühne zu Wort kommen.

Etwa ein Dezennium jünger als Castro ist Juan Ruiz de Alarcón y Mendoza; er stammt aus dem fernen Westen, aus Mexiko († 1639). Von Natur mißgestaltet, darum verspottet, eint er mit dem spanischen Stolz auch rauhen Trotz, der sich am bezeichnendsten in der unglaublich derben Ansprache „El Autor al vulgo“ (Pöbel) zu Beginn des ersten Teils seiner Komödien äußert, in der er den Pöbel „als wildes Tier“ behandelt, dem er mit Ver= achtung ins Antlitz sieht. In dem Jahre, da er diesen merkwürdigen Prolog seinen Schauspielen vorsetzte (1628) erscheint er als Relator (Referent) del Consejo Real de las Indias. Diese angesehene und einträgliche Stelle be= kleidete er bis zu seinem Tode, und es mag der Neid um diese Position, die der Mann mit der „bola á cada lado“ (Doppelhöcker), noch dazu ein Neu=Spanier, ein=

nahm, zu den Anfeindungen beigetragen haben, deren
Opfer er wurde. Der ernste, strenge Alarcón war denn
auch als Dichter bei den unterhaltungslustigen Theater=
freunden nie so populär wie Calderón oder gar Lope.
Der Grund hierfür lag, so paradox dies scheinen mag,
in Alarcóns, namentlich im Vergleich mit Lope, weitaus
bedächtigeren, künstlerisch abwägenden, darum auch ver=
hältnismäßig minder fruchtbaren Produktion: er schrieb
nur etwa 30 Stücke. Das spanische Publikum wünschte
aber, wie Schack richtig hervorhebt*), immer neue und
neue Werke von seinen Lieblingen auf der Bühne auf=
geführt zu sehen, Alarcón produzierte jedoch zu wenig,
um sich dauernd in der Gunst der Zuhörer festzusetzen;
so wurden seine Dramen von der Flut der übrigen
zurückgedrängt, ja bezeichnenderweise auch anderen Dichtern
zugeschrieben. Was ihm bei seinen Zeitgenossen schadete
und diesen als Beweis eines Mangels an schöpferischem
Talent galt, was ihn so sehr in Vergessenheit geraten
ließ, daß er erst um die Mitte des 19. Jahrhunderts
förmlich entdeckt werden mußte: sein Bestreben, bei der
dramatischen Produktion mehr in Qualität als in Quan=
tität zu bieten, ist heute als Alarcóns größter Vorzug
anerkannt, hebt ihn aus der Masse der übrigen Bühnen=
dichter der spanischen Blütezeit so sehr hervor, daß er
sich den ausgezeichnetsten derselben, der Trias: Lope de
Vega, Tirso und Calderón würdig anreiht.

Alarcón ist nicht so fruchtbar wie Lope, nicht so
sehr Verkörperung dichterischer Größe wie Calderón, nicht
so sprachgewaltig und erfüllt von lebendiger Schalk=
haftigkeit wie Tirso. Was ihn auszeichnet, ist das tiefe
Eindringen in den Stoff, der logische Aufbau desselben,

---

*) Spanisches Theater, Stuttgart, o. J. I, 23.

nicht minder die Durchbildung seiner Charaktere. Der
Charakter wird Triebfeder der Handlung, das Gemüt
des Menschen dessen Schicksal; mit der überlieferten
Tradition brechend, hat er zuerst bewußt und in künstlerischer Absicht eine sittliche Idee in Handlung und
Charakteren des Dramas zum Ausdruck gebracht, einzelne
Stücke planmäßig daraufhin angelegt, nicht, wie Lope, die
moralische Tendenz gelegentlich in dieselben verwoben.
„Unbedingt ist er unter den spanischen Bühnendichtern
derjenige, der unserer Gegenwart am unmittelbarsten
verständlich ist" (Leop. Schmidt). Unbestritten — auch
von seiten der Franzosen, die Alarcón so vielfach nach-
ahmten — bleibt sein Ruhm, Schöpfer des modernen
Charakter-Lustspiels zu sein. Eines der bedeutendsten
Werke Alarcóns ist der „Tejidor (Weber) de Segovia",
ein Stück, das einige Ähnlichkeit mit Schillers „Räubern"
aufweist, jedoch nicht tragisch, sondern in der Weise
schließt, daß der Held des Stücks nach Vollstreckung der
Rache und Sühne als leal Caballero wieder in die Gesellschaft zurückkehrt. Das gleichfalls heroische Schauspiel
„Ganar amigos" („Freunde gewinnen") ist ein Hohes Lied
auf die Freundschaft. Unter den Comedias de costumbres
ist „Las Paredes oyen" („Die Wände haben Ohren")
mit allzu ausgesprochen moralischer Tendenz — der miß-
gestaltete Don Juan wird wegen seiner trefflichen Eigenschaften von Doña Ana gegenüber zwei schönen und
stattlichen Bewerbern bevorzugt —, noch mehr „La verdad
sospechosa" („Die verdächtige Wahrheit") berühmt. Don
Garcia, ein im Grunde edler und ritterlicher Jüngling,
ist eben von der Universität Alcalá in Madrid angelangt
und gibt hier erstaunliche Proben seines Talents im
Lügen und Aufschneiden zum besten. Durch seine eigene
Unaufrichtigkeit wird er des Irrtums nicht gewahr,

daß er statt um Jacinta, der er sofort sein Herz geschenkt hatte, eigentlich um deren Freundin Lucrecia wirbt, mit der er sich denn auch zum Schluß verbinden muß.*) Das Stück ist von Corneille in seinem „Menteur" — freilich durch das beabsichtigte „dépaysement" in manchen Zügen nüchtern und farblos — nachgebildet worden.

Das Drama Pedro Calderón de la Barcas (* 1600, † 1681) bezeichnet eine zweite Periode der klassischen Bühne Spaniens. Calderóns Ruhm gilt den Spaniern nicht als Gloria de un poeta, sondern als Gloria de una nación entera, und seine Dramen als compendio y corona del teatro español. Diesem Urteil entspricht die Bewunderung des Auslandes, die Schätzung, ja Überschätzung, die der Dichter auch bei berufenen nichtspanischen Kunstrichtern gefunden hat. Will man das Wirken einer so glänzenden Gestalt aus seinem Boden erklären, so steht man vor einem merkwürdigen kulturhistorischen Problem. Bekannt ist der wirtschaftliche, soziale und politische Niedergang Spaniens im 17. Jahrhundert unter der Herrschaft Philipp III. und Philipp IV., welcher das Weltreich zu Falle brachte, so daß es sich nie wieder erholte. Gleichwohl ersteht gerade zur Zeit solchen Niedergangs in dem Lande ein Poet von der universellen Bedeutung Calderóns. Mit wohlfeilen Schlagwörtern, die Calderóns Schöpfungen etwa als üppig blühende Sumpfpflanzen hinstellen wollen, reicht man zur Lösung des bezeichneten Problems nicht aus.

Das Heimatland rühmt Calderón nach wie vor als jenen Meister, der, ein Erbe der großen Traditionen des 16. Jahrhunderts, in seinen Dramen am getreuesten

*) Übersetzung und kurze Einleitung von Moriz Rapp, a. a. O., Bd. VII, 177 ff.

Ideen und Anschauungen, Neigungen und Gefühle des folgenden Jahrhunderts zum Ausdruck brachte; er gilt selbst als Teil spanischer Geschichte, als Verkörperung des goldenen Zeitalters nationaler Dichtkunst, welche die Weltherrschaft Spaniens in allen Farben reflektiert. Diese Geltung behält der Dichter bis in die allerjüngste Zeit, und wer daran zweifeln wollte, braucht sich nur der Feste zu erinnern, die anläßlich der zweihundertjährigen Totenfeier Calderóns während der Maitage 1881 in Madrid begangen wurden: ein Auto des 19. Jahrhunderts, wie man die Feier unter Anspielung auf das berühmte Stück des Dichters genannt hat, ein Teatro del mundo, „das zum Dache das Firmament, zur Leuchte die Sonne, ein Grab zum Altar und zum Priester ein Volk hatte".

Die hohe Popularität, die Calderón wie zu seinen Lebzeiten, so auch heute genießt, kann sich nur auf Gegenseitigkeit gründen, d. h. nur auf die Tatsache, daß die Hauptmasse der spanischen Bevölkerung verstand und würdigte, was er ihr gab.

An wirklich nationalem Bildungsgang und echt spanischer Schulung kann sich denn in der Tat kein Dichter der Hochblüte mit Calderón vergleichen. Seine Familie stammt (wie die Lope de Vegas) aus Asturien, aus jenem Bergland, das, wie bekannt, in der ersten Zeit der reconquista die einzige Heimat des spanischen Volkes bildete. In Madrid geboren, besuchte er vom neunten Jahre an das dortige Jesuitenkolleg und bezog als Dreizehnjähriger die Hochschule zu Salamanca, eben jene Universität, die neben Alcalá die größte Zahl von Ingenios unter ihren Hörern zählte und mit ihren 6000 Studenten damals eine der blühendsten in Europa war; durch sechs Jahre (bis 1619) blieb er dort und errang schon ein Jahr darauf in einem Dichterwettstreit

die Palme. Vom Jahre 1625 an leistete er einige Zeit
hindurch Kriegsdienste im spanischen Heere, focht in Mai=
land und in den Niederlanden, kehrte dann nach Madrid
zurück und übernahm die Leitung des Theaters Buen
Retiro. Philipp IV. verlieh ihm eine Pension, mußte
sein Talent ununterbrochen für Theater und Kirche in
Tätigkeit zu erhalten und scheute keine Kosten, um Cal=
deróns Stücke mit allem Pomp aufführen zu lassen.
Im Jahre 1653 wurde der Dichter Kaplan an der erz=
bischöflichen Kirche zu Toledo, durfte aber dann später
(1663) unter Belassung seiner Einkünfte in Madrid
Aufenthalt nehmen, wo er als Einundachtzigjähriger seine
Tage beschloß.

Aus dieser Lebensskizze erhellen die Momente, die
seine schöpferische Tätigkeit befruchten mußten: das reli=
giöse, als Ausfluß der Erinnerungen aus frühester Jugend=
zeit, seines spanisch gläubigen Sinnes und der Eindrücke
während des reifen Mannesalters bis zu seinem Lebens=
ende; das wissenschaftliche, das durch Salamanca an=
geregt und durch weitere Studien vertieft wurde; das
nationale, das er — wiederum als Spanier — aus der
Heimat gewann, und das sich im Kampfe um den Ruhm
eben dieser Heimat naturgemäß stärkte; endlich das königs=
treue Moment, nicht minder zeitgemäß, bis zur Begeiste=
rung entfacht durch die zahlreichen Gunstbeweise von seiten
des Hofes, deren er sich zu erfreuen hatte. So sind denn
tatsächlich innige Hingabe an den Glauben der katholischen
Kirche, treue Ergebenheit gegenüber dem angestammten
Herrscherhause, ein hochentwickelter, ja bis zur Krank=
haftigkeit gesteigerter Ehrbegriff die Gefühle, die ihn und
seine Kunstform erfüllen; eben hierin zeigt er sich, was
nicht streng genug festgehalten werden kann, als vollendeter
Sohn seines Volkes, als Typus der nación caballeresca.

6*

Die verschiedenartigen Schöpfungen Calderóns, die Autos, die weltlichen Stücke (Legenden= und religiöse Dramen, tragische Schauspiele, Konversationsstücke, die mytholo=gischen, historischen, phantastisch=romantischen Comedias) lassen sich sämtlich unter jene höhere Einheit echt nationaler dramatischer Schöpfung subsumieren. Was seine drama=tische Technik anlangt, so ist das, was Lessing vom spa=nischen Drama der Hochblüte im allgemeinen sagt, viel=fach auf diesen Vertreter derselben anwendbar: auch in Calderóns Dramen finden sich „einerlei Fehler und einerlei Schönheiten, mehr oder weniger. Eine ganz eigene Fabel; eine sehr sinnreiche Verwicklung; sehr viele und sonder=bare Theaterstreiche; die ausgespartesten Situationen; meistens sehr wohl angelegte und bis ans Ende durch=geführte Charaktere; nicht selten viel Würde und Stärke im Ausdruck." Calderón hat, wie angedeutet wurde, die Ehre, vielmehr den gesteigerten Ehrbegriff, als leitendes Motiv seiner handelnden Personen mit bewußter Kunst=absicht eingefügt. Die trefflichsten Beispiele hierfür sind „El médico de su honra" (Der Arzt seiner Ehre) und der „Alcalde de Zalamea"; andere Stücke zeigen neben üppigster Erfindung herrliche Gedanken, philosophische Tiefe, umsponnen von reichster Phantasie; „La vida es sueño" (Das Leben ein Traum) ist hierfür ein bemerkens=wertes Beispiel. Insgesamt sind von Calderón mehr als 100 echte Comedias, über 70 Autos, etwa 200 Loas und 100 Sainetes erhalten; unter diesen neben den wenigen eben genannten eine ganze Reihe von Stücken von bleiben=dem Werte, wie „El Purgatorio de San Patricio" und „El príncipe constante" unter den religiösen Dramen, „La dama duende" (Dame Kobold) unter den Lustspielen, „El secreto à voces" (Das laute Geheimnis) unter den romantischen Stücken. Eine unbefangene Würdigung des Calderónschen

Dramas wird bei aller Bewunderung für den Meister nicht unterlassen können, auf die Fehler, die ihm anhaften, aufmerksam zu machen. Wiederholt läßt sich bei den Dramen Calderóns nicht genügend tiefe Durchbildung des Stoffs feststellen; bei den Mantel- und Degenstücken ermüdet die allzuhäufige Wiederholung der gleichen Motive, und die ständige Figur des Gracioso, des Dieners des Caballero, der in den Dramen Calderóns und seit diesen typisch geworden, bedeutet keinen Fortschritt. Die von vielen getadelte Vermischung des Tragischen und Komischen, die sich bei Calderón wie auch sonst bei den spanischen Bühnendichtern (ebenso wie bei den englischen) findet, hat in niemand Geringerem als in Lessing einen Verteidiger gefunden; freilich darf man sich bei der immer wiederkehrenden Gestalt des Gracioso und seinen oft ungesalzenen Witzen nicht an den prächtig herausgearbeiteten Begleiter des Caballero erinnern, den Cervantes uns in seinem Meisterwerk bietet.

Im Stil hat sich Calderón weniger als seine Vorgänger von den Einflüssen des Gongorismus (vergl. den Schluß des folgenden Abschnittes) freigehalten. Geschraubte, unnatürliche Ausdrucksweise und Häufung von gesuchten Bildern machen seine Sprache oft schwer verständlich, ja manchmal ungenießbar.

Die dramatische Kunstform, die Calderón mit unübertroffener Meisterschaft beherrschte, ist das Auto sacramental. So reich sich die dichterische Produktion auf diesem Gebiete in Spanien auch betätigte, Calderón hat alle Schöpfungen dieser Gattung in Schatten gestellt; seine tiefreligiösen, von zahlreichen allegorischen Figuren belebten Autos mit mythologischen, legendarischen und biblischen Vorwürfen — unter diesen z. B. „La viña del Señor" (Der Weinberg des Herrn), „La siembra del Señor"

(Die Saat des Herrn), „La semilla y la zizaña" (Samen und Unkraut), zusammen eine Art Trilogie — haben wesentlich zu seinem Ruhme beigetragen, der bedeutendste Dichter des Katholizismus zu sein. Caleróns sämtliche (73) geistlichen Schauspiele sind (von Franz Lorinser, Regensburg, 1856 f.) ins Deutsche übertragen worden, überhaupt ist uns Calderón durch Übersetzungen weit bekannter geworden als Lope de Vega. Eine Darstellung des Einflusses der Calderónschen Dramen auf die spanische und die übrigen Literaturen ist bereits in Aussicht gestellt.*)

Keiner der Vertreter der Hochblüte des spanischen Dramas, weder Lope noch Tirso, weder Alarcón noch Calderón, bedeutet an und für sich den Gipfelpunkt, die allseitige Vollendung spanischer Bühnenkunst in dem Sinne, wie etwa Shakespeare als Meister der englischen Bühne schlechthin bezeichnet werden darf. Jeder der genannten vier spanischen Meister kann, wie L. Schmidt zutreffend bemerkt, „in einer bestimmten Hinsicht auf den ersten Rang Anspruch erheben, ohne ihn jedoch unbestritten in allem einzunehmen; so daß man, wäre ein solches Rechenexempel überhaupt zulässig, wohl sagen könnte, es stecke in ihnen zusammen etwas wie ein Shakespeare".

---

*) Neben dem Buche: Schmidt, F. W. V.: Die Schauspiele Calderóns, dargestellt und erläutert, Elberfeld, 1857, und Bd. XI (1, 2) von Klein: Geschichte des Dramas, ist zu nennen: Günthner, Engelbert: Calderón und seine Werke, Freiburg i. B., 1888, 2 Bde. Die ebenda S. XI ff. gegebene bibliographische Übersicht ergänzt vielfach die von F. Wolf „Studien" S. 626 f. gebotenen Daten. Vergl. außerdem: Ausgewählte Schauspiele des D. P. C. d. l. B. Zum erstenmal aus dem Spanischen übersetzt und mit Erläuterungen versehen von K. Pasch. 2 Bändchen, Freiburg i. B., 1891—1892 und Morel=Fatio, Alfred und Rouanet, Léo: Le Théâtre Espagnol, S. 22 f.

Auf die Blüteperiode, in welcher die Meister des klassischen spanischen Dramas der Bühne so reichen Glanz verliehen und die Vorliebe des Volkes für das Theater in so hohem Maß zu befriedigen wußten, folgt die Zeit der Epigonen. Der Grund für diese Erscheinung, wie für den Verfall der nationalen Literatur überhaupt, liegt in äußeren Verhältnissen, nicht darin, daß die genannten Meister sich etwa in ihrem Schaffen isoliert gesehen hätten. Calderóns Führung folgt Francisco de Rojas († 1661), dessen schönes Stück: „Del Rey abajo ninguno" („Vom Könige abwärts niemand") von edlem kastilischem Geist erfüllt ist. Einen frischen Aufschwung der dramatischen Dichtung bedeutet das Theater des hochbegabten Agustin Moreto. Gleichfalls dem Calderónschen Kreise angehörig, hat er durch die Kraft seiner Komik und durch vortreffliche Charakteristik selbständige Bedeutung zu erringen verstanden. Sein klassisches Lustspiel „El Desdén con el Desdén" („Stolz gegen Stolz"), dem selbst englische Kunstrichter „Shakespearesche Wahrheit" zuerkennen, ist von Molière und Gozzi bearbeitet, durch Schreyvogels Umdichtung „Doña Diana" (Wien, 1819, 5. Aufl. 1862) auch der deutschen Bühne zugänglich gemacht worden.

Unter den Verfassern der kleineren Bühnenstücke (Einlagen), der Entremeses, Loas, Fines de fiesta u. s. w., ist als berühmtester Entremesista des 17. Jahrhunderts Luis Quiñones de Benavente hervorzuheben; er handhabt die Form mit vollendeter Meisterschaft.

Eine Reihe anderer Bühnendichter, die zum Teil als Nachfolger Lopes zu betrachten sind, wie Antonio Mira de Amescua, Luis Vélez de Guevara, Diego Ximenez de Enciso, Juan Perez de Montalban, zum Teil sich um Calderón, den Kulminationspunkt der zweiten Periode der klassischen spanischen Bühne scharten, so

(außer Rojas und Moreto) Juan de Matos Fragoso, Cristóbal de Monroy, Juan Bautista Diamante, können hier
nur genannt werden. Auch sei nur kurz, aber mit allem
Nachdruck, der wichtige Umstand hervorgehoben, daß durch
die früheren gelegentlichen Nachweise von Übersetzungen
und Bearbeitungen spanischer Stücke der überaus fruchtbare Einfluß der spanischen Bühne auf die der übrigen
Länder keineswegs genügend gekennzeichnet wurde. Wir
sehen da ganz ab von der Darstellung spanischer Stücke
auf Bühnen des Auslandes — zur Zeit Leopold I.
wurde zu Wien eine stattliche Anzahl derselben in der
Originalsprache gegeben*) — und meinen jene stofflichen
Anregungen, die sich nicht immer durch ganz bestimmte
Zeugnisse belegen lassen. Die literarischen Beziehungen
Spaniens zum Auslande waren gerade auf dramatischem
Gebiete viel reicher, als man anzunehmen pflegt, sie
wirken mächtig bis heute und sicherlich noch in späten
Tagen.**) Eine möglichst erschöpfende Darstellung dieses
Einflusses bildet eine ebenso schwierige als lohnende Auf-
gabe, die bisher noch nicht gelöst ist. Allerdings liegen
bereits wertvolle, einzelne Teile dieses Forschungsgebietes
betreffende Untersuchungen vor.***)

---

*) Vergl. Zeitschr. f. deutsches Altertum XLIII (1899) 155 f.
**) Am 29. Dezember 1900 wurde das Théâtre Français,
nach dem Brande rekonstruiert, durch eine Festvorstellung wieder
eröffnet. Man gab den 4. Akt des Cid von Corneille, eines
Stückes, das bekanntlich eine Nachbildung der Mocedades del
Cid des Guillén de Castro ist, und den 3. Akt von Molières
Femmes savantes, die durch Chapuzeaus Vermittlung auf Cal-
deróns „No hay burlas con el amor" zurückgehen.
***) Die einschlägige Literatur verzeichnen Schneider,
Günthner, Beß, Morel-Fatio und Rouanet in den wiederholt ge-
nannten Schriften. Hierzu kommt in jüngster Zeit Martinenche,
Ernest: La comedia Espagnole en France de Hardy à Racine,
Paris, 1900.

3. Fachliteratur: Geschichte, Humanismus, Brief, Philosophie, Theologie, Staatswissenschaft. — Satire. — Conceptismus, Culteranismus.

In der wissenschaftlichen Fachliteratur, die während der Hochblüte spanischen Schrifttums einen Umfang und eine Vertiefung erlangt hatte, deren gerechte Würdigung noch nicht — namentlich außerhalb Spaniens noch nicht — erfolgt ist*), nehmen, wie dies bei einem so hervorragend historisch veranlagten Volke zu erwarten ist, die Geschichts= werke eine besondere Stelle ein; sie durften an die Chroniken der vorhergegangenen Jahrhunderte anknüpfen, und tatsächlich ergibt sich, was den Stil und die objektive Aneinanderreihung der Tatsachen anlangt, zwischen jenen und der Crónica General de España des Ambrosio de Morales (1513—1591), dem Compendio historial des Estéban de Garibay, ja auch der Historia General de las Indias Occidentales des Antonio de Herrera († 1625), eine gewisse Ähnlichkeit. Unvergessen soll aber bleiben, daß bereits Ambrosio de Morales mit planmäßiger Durch= forschung der alten Denkmäler, der Inschriften, Hand= schriften und sonstigen Reliquien beginnt: sein Bericht über die im Auftrag König Philipp II. (1572—1573) in den nördlichen Provinzen Spaniens ausgeführte Reise liest sich wie ein Rapport aus den modernen Missions scientifiques und gibt Nachricht von Sammlungen, die ohne seine Bemühung gänzlich der Vergessenheit anheim= gefallen wären. Mit ähnlicher lobenswerter Sorgfalt liefert Morales in der Fortsetzung von Florian de Ocampos Crónica general de España (1574—1586) und in anderen Untersuchungen erwünschte Quellennachweise, von denen zweihundert Jahre später ein würdiger Nachfolger des

---

*) Über die einschlägigen Quellenwerke s. Bd. I, 41, Anm. 1.

Altmeisters rühmende Kunde gab.*) Ambrosio de Morales, der Hofhistoriograph, war auch ausersehen, über die Anlage einer der größten Schöpfungen und größten literarischen Tat Philipp II., die Escorial=Bibliothek, das erste fach= männische Gutachten abzugeben.

Ein Gelehrter im besten Sinne des Wortes ist der Aragonese Gerónimo de Zurita (* 1512 in Zaragoza, † 1580). Seine Anales de la Corona de Aragon (in sechs Foliobänden) sind ein Muster dokumentierter Ge= schichtschreibung, und für Zuritas Spürtalent und Ge= nauigkeit ist nichts bezeichnender, als die Tatsache, daß auch noch heute, also nach mehr denn dreihundert Jahren, die Historiker den Wegen nachgehen, die er gewiesen, und die Dokumente wieder aufzufinden trachten, die er bereits benutzt hat. Die Höhe pragmatischer Geschichtsauffassung erreicht gegen Ende des 16. und Anfang des 17. Jahr= hunderts die Historia de España des berühmten Jesuiten Juan de Mariana (1536—1623). An die Stelle chronik= artiger Aufzählung von Tatsachen tritt bei Mariana genetische Auffassung, reifliche Erwägung und sittliche Würdigung der Geschehnisse. Die Vorzüge solch prag= matisch=historischer Darstellung werden erhöht durch die mustergültige Form derselben, durch einen glänzenden, gefeilten Vortrag, so daß die Schätzung der Verdienste Marianas sich zur Behauptung verstieg: daß Rom einen halben Geschichtschreiber besitze, Spanien einen, und die übrigen Nationen keinen.**)

Unter den Spezialgeschichten sei an erster Stelle die Guerra de Granada des Diego Hurtado de Mendoza

---

*) Enrique Florez in der: Vida del Cronista Ambrosio de Morales zu Beginn der von ihm besorgten Ausgabe des Viage.
**) Gil y Zárate, Antonio: Manual de Literatura, Madrid, 1844, III, 117.

(1505—1575) — eine Beschreibung des Maurenkrieges
etwa 1572, unter Philipp II., verfaßt, aber erst später
(Lissabon, 1627) veröffentlicht — erwähnt. Mendoza
gehört als Staatsmann, Heerführer, Geschichtschreiber,
Mäcen zu den glänzendsten Gestalten jener reichbewegten
Zeit. Ein vollendeter Grandseigneur, vertrat er seinen
Kaiser durch 20 Jahre in Venedig, dann als Gesandter
auf dem Konzil zu Trient und vor dem Papste in Rom.
Gründliche Studien in Salamanca, mächtige literarische
Anregungen während seines langen italienischen Auf=
enthaltes hatten den würdigen Sprossen des berühmtesten
spanischen Geschlechts zu dichterischer und schriftstellerischer
Tätigkeit vorbereitet. Die Richtung, in der sich diese be=
wegen sollte, war durch Mendozas Stellung und Studien
in gewissem Sinne vorgezeichnet: ein Lazarillo de Tormes
(vergl. oben S. 54) kann nicht einem Manne zugeschrieben
werden, der sich nur in den höchsten geistigen Regionen
bewegte und wohl fühlte. Dagegen gehören ihm eine
Anzahl von Gedichten, in denen er beide damals gegen=
überstehende Formgattungen, die nationale wie — später
und mit Vorliebe — die italianisierende anwendete. Erst
an seinem Lebensabend schrieb Mendoza das oben genannte
Geschichtswerk, dessen lebendige, aus unmittelbarer Ein=
wirkung zeitgenössischer Geschehnisse quellende Sprache
diesen Umstand freilich nicht verraten würde. Eine ge=
wiß aus den Alten, besonders aus Sallust geholte
Rhetorik ist unverkennbar; sie beeinträchtigt jedoch nicht
die hervorragende Erzählungsgabe, die durchsichtige, un=
parteiische Darstellung des gereiften Politikers. So hoch
dies Denkmal kastilischer Prosa zu schätzen ist, Mendozas
Ruhm lebt auf einem andern Gebiete noch wirksamer
fort: er war der führende Mäcen in den Bestrebungen
des spanischen Humanismus, die das treffliche Werk von

Charles Graux (S. 45, Anm. 2) nur mit Rücksicht auf die griechischen Studien, nach dieser Seite allerdings besonders hell beleuchtet hat.*) Die Renaissance der klassischen Literatur auf spanischem Boden war durch Antonio de Nebrija vorbereitet worden; Fernan Nuñez de Guzmán hatte 1519 zu Alcalá als Erster lateinisch-griechische Interlinearversionen veröffentlicht. In Valencia haben Juan Bautista Carbona (später Bischof von Tortosa), der Arzt Andres de Laguna und Meister Pedro Juan Nuñez, in Tarragona der Erzbischof Antonio Agustin, in Salamanca der grundgelehrte Francisco Sanchez de las Brozas (El Brocense) die klassisch-philologischen Studien mächtig gefördert. Benito Arias Montano, der erste Bibliothekar des Escorials und Herausgeber der Polyglotte, glänzte durch staunenswerte Sprachkenntnisse; als vollendeter Typus des spanischen Humanisten im 16. Jahrhundert darf der königliche Kaplan Juan Páez de Castro gelten. Neben Francisco Mendoza y Bobadilla, Kardinal von Burgos, dessen „Grandeza, mit der er die Studien und Wissenschaften begünstigte", gerühmt wird, war Diego Hurtado de Mendoza der größte Förderer der klassischen Studien auf spanischem Boden und auch durch liberale Mitteilung der von ihm gesammelten Hand= schriftenschätze berühmt. Seine Sammlungen im Gesandt= schaftspalaste zu Venedig suchten ihresgleichen. Die literarischen Studien und die bis auf den Orient sich erstreckenden Erwerbungen von Manuskripten wurden auch in Trient fortgesetzt: die Anregungen, die Mendoza und sein Schützling Páez in dem internationalen Kreise

---

*) Menendez y Pelayo, Marcelino: La ciencia española, Madrid, 1888, Bd. III, verzeichnet in dem Abschnitt VII (Filologia y Humanidades, S. 250 ff.) die Werke der bedeutendsten spanischen Linguisten und Humanisten jener Zeit.

der anläßlich des Konzils versammelten gelehrten Theo=
logen erhielt, müßte erst eine besondere Studie völlig
aufhellen. Das beredteste Zeugnis für Mendozas Sammel=
eifer bildet noch heute seine Bücherei, die einen der wert=
vollsten Bestände der Escorial=Bibliothek ausmacht. Ein
Mann von so universeller Bildung, durch rastlose, ernste
Studien gestählt, vermochte ein Werk wie die Guerra
de Granada zu schaffen, an das keine der später von
andern verfaßten Spezialgeschichten, weder des Francisco
de Moncada, Grafen von Osona (1586—1635), Bericht
über die Expedition der Katalanen gegen die Türken, oder
des Francisco Manuel de Melo (1611—1666) Schilderung
des katalanischen Aufstandes unter Philipp IV., noch die
Darstellungen der flandrischen Kriege von Cárlos Coloma,
Bernadino de Mendoza und Alonso Vazquez heran=
reichten. Dasselbe gilt von den Beschreibungen und
Memoiren über die spanischen Eroberungszüge in der
neuen Welt, unter denen neben der Historia verdadera
de la conquista de la nueva España des Bernal Diaz
del Castillo († um 1560), eines der Begleiter des Fernan
Cortez, nur noch die Historia General de las Indias occidentales des Fray Bartolomé de las Casas aus dem Grunde
erwähnt sei, weil dieser edle Priester hier mit Begeisterung
die Rechte der von den Spaniern grausam mißhandelten
Eingeborenen vertritt. Die weit ausgesponnenen Berichte
über die neuentdeckten Länder, die Gonzalo Fernández de
Oviedo (1478—1557) in seiner Historia general y natural
de las Indias lieferte, sind besonders in ethnographischer
und naturhistorischer Beziehung wertvoll.

Den intimeren Vorgängen der Zeitgeschichte wird
eine Reihe von Briefsammlungen gerecht. Schon zur Zeit
der katholischen Könige hatte Fernando del Pulgar (der
Verfasser der Crónica de los Reyes católicos) seiner

bereits erwähnten prächtigen Porträtgalerie — Claros Varones de Castilla — eine Anzahl von Briefen folgen lassen, die sich durch kräftige, würdevolle Schreibart aus= zeichnen. Die Epistolas familiares des Antonio be Gue= vara († 1545) sind zum Teil Quellen für die Geschichte der ersten Regierungszeit Karl V., jedoch wegen der vielen in ihnen enthaltenen Erfindungen mit Vorsicht zu be= nützen. Als Meister spanischer Epistolographie erscheint Antonio Pérez (1539—1611), der einstige Günstling Philipp II., später von diesem unerbittlich verfolgt und zur Flucht aus der Heimat gezwungen. Seine Briefe, gewissermaßen Epistulae ex Ponto, die er nach seinem Falle an seine Freunde und Beschützer schrieb, zeichnen sich durch Klarheit und Kraft aus, sind Muster korrekter und geistreicher Diktion bei großer inhaltlicher Mannig= faltigkeit.

Die vielumstrittene Frage über die Echtheit der unter dem Namen Centón Epistolario bekannten Briefsammlung, die angeblich von dem Hofarzte Juan II., Fernan Gómez de Cibdareal verfaßt und 1499 erschienen sein soll, ist, . nachdem bereits Nicolás Antonio diese Angaben in Zweifel gezogen hatte, nunmehr ziemlich überzeugend ent= schieden worden. Der Centón, der sich inhaltlich an die Crónica Juan II. anschließt, ist eine kühne Fälschung, auf die sowohl sachliche als sprachliche Indizien hinweisen.*)

---

*) Geßner, Emil: Die Cibdareal=Frage, Berlin, Collège Français, 1885. Einige von Geßner als bedenklich bezeichnete sprachliche Eigentümlichkeiten lassen sich zur Not rechtfertigen (Michaëlis de Vasconcellos, Carolina: Zur Cibdareal=Frage, Romanische Forschungen VII, 123 ff.). Den entscheidendsten Angriff auf die Sprache des Centón unter Hervorhebung der zahlreichen Italianismen führte R. J. Cuervo: Diccionario de construcción y régimen de la lengua Castellana I., L ff. —

Die Philosophie wird auf spanischem Boden, wie zu jener Zeit ja allgemein auch außerhalb Spaniens, ganz wesentlich durch die Theologie beeinflußt; gleichwohl ist zu beachten, daß gerade in Spanien erlesene Köpfe, ein Luis Vives, die Rechtsphilosophen Domingo de Soto, Francisco Suarez u. a. selbständige Bahnen einschlagen. Der religiöse Einfluß äußerte sich namentlich nach zwei Richtungen, nach der asketischen und nach der mystischen. Die bedeutendsten Vertreter auf diesem Gebiete sind Fray Luis de Granada (1504—1588), der „spanische Bossuet" ein gefeierter Kanzelredner, Verfasser zahlreicher Erbauungs= schriften, darunter eines weitverbreiteten, vielfach über= setzten Guía de Pecadores und eines Tratado de la Oración y Meditación; San Juan de la Cruz (1542—1591), der „ekstatische Doktor", in dem der Mystizismus den be= geistertsten Vertreter fand; Fray Luis de León, der außer den S. 49 f. besprochenen Poesien und Schriften unter dem Namen „Los nombres de Cristo" ein umfangreiches Werk in Dialogform und klassisch reiner Sprache über den Charakter des Heilands veröffentlichte; der asketische Augustiner Pedro Malón de Chaide († 1590), vor allem jedoch Teresa de Cepeda, bekannt unter ihrem späteren Namen Teresa de Jesus (1515—1582), eine der merkwürdigsten Erscheinungen nicht bloß in der Geschichte des spanischen Schrifttums, sondern der Weltliteratur überhaupt. Die schwache kränkliche Tochter einer Avileser Bürgerfamilie, die ohne solchen Sproß vergessen wäre, wächst aus der nüchternen Umgebung heraus, wird zur Schriftstellerin, die in ihrer Heimat ob der glänzenden

---

Ochoa, Eugenio de: Epistolario Español, 2 Bände, Madrid, 1850—1870 ·Bd. 13 und 62 der Biblioteca de autores Espa-ñoles) bespricht und publiziert noch eine Reihe anderer, hier nicht erwähnter Briefsammlungen.

Sprache als tipo más perfecto del lenguage familiar de
Castilla gefeiert, durch den Inhalt ihrer Werke während
einer gewissen Periode in Europa bekannter wurde, als
selbst Cervantes, Lope und Calderón; die schlichte Nonne
erlangt als Erneuerin des Karmeliterordens, Gründerin
zahlreicher Klöster, begeisterte Apologetin im Laufe der
Zeit einen beachtenswerten Anteil an der Kirchenreform
überhaupt; ihr beispielloser Ruhm triumphiert endlich
über Anfeindungen und Verfolgungen — Teresa wird
zur Heiligen erhoben, und man denkt ernstlich daran, sie
neben Santiago zur Schutzpatronin Spaniens zu machen.
Dieser außerordentliche Werdegang bietet Probleme, welche
die Literaturgeschichte als solche allein nicht beantworten,
deren Lösung auch hier nur angedeutet werden kann.
Teresa hat in ihrer Jugendzeit eifrig Ritterromane ge-
lesen; nicht sowohl die Fähigkeit sprachlichen Ausdrucks,
wohl aber ihre Phantasie wurde durch diese Lektüre angeregt: wissen wir doch, daß sie noch als Kind selbst einen
Ritterroman verfaßte; später haben ihr Heiligenleben, die
Briefe des heiligen Hieronymus, die mit hinreißender
Beredtsamkeit zur Nachfolge Christi mahnen, ferner die
Schriften des heiligen Augustinus und während ihrer
Krankheit Gregors Moralia Betrachtungsstoff geboten,
in den sie sich mit Eifer vertiefte.   Die subjektive Sen-
sibilität für diese Anregungen und noch mehr für jene
Visionenwelt, die sich der Nonne in späterer Zeit erschloß,
gründet sich auf besondere persönliche Disposition, bei der
schweres körperliches Leiden zweifellos eine große Rolle
spielte.   Das letzte Wort bei den hier sich ergebenden
Fragen hat der Pathologe und Psychiater zu sprechen.
Nach den vorliegenden Berichten zu schließen, litt Teresa
an einer lebensgefährlichen Nervenkrankheit, die von überaus heftigen und schmerzhaften Anfällen begleitet war.

Wenn drei Jahrhunderte später G. A. Bécquer die Ver=
mählung von „insomnio" und „fantasia" als Quelle seines
Schaffens bezeichnete, so kam bei Santa Teresa zu
diesen beiden Momenten noch ein drittes, eben jenes, das
sie in einem ihrer Briefe als „la grande merced del
padecer", die „große Gnade des Leidens" bezeichnete.
Während des visionären Schauens wird der Heiligen
inneres Auge geöffnet: eine Welt von Gesichten und Er=
scheinungen bietet sich ihr dar, und die geheimsten Re=
gungen der Seele, deren „Geographin" man sie genannt
hat, werden ihr offenkundig. Die hohe Bedeutung Teresas
als Schriftstellerin liegt nun darin, daß sie sowohl für
die Offenbarung ihrer Visionen, wie für die Mitteilung
ihrer Seelenerforschung schlichten, kräftigen und gemein=
verständlichen Ausdruck fand.

Die Werke der Heiligen, die sie auf ausdrücklichen
Wunsch ihrer Ordensoberin aufzeichnete — Fray Luis
de León hat sie gesammelt und als Erster veröffentlicht —
umfassen autobiographische Bekenntnisse, ferner Schriften,
die die Angelegenheiten ihres Ordens betreffen, sowie
mystisch=asketische Traktate. Der berühmte Libro de su
vida enthält vielfach Konfessionen im augustinischen Sinne;
die Relaciones sind Berichte über ihre inneren Zustände.
Die Constituciones und Avisos (Mahn= und Denksprüche
für die Nonnen) und die Visitationsvorschrift betreffen
das Ordenswerk. Als Lehrerin der geistlichen Vollkommen=
heit zeigt sie sich vor allem in dem Camino de perfección
und in dem Castillo interior, auch Moradas genannt, weil
Teresa hier in planmäßig angelegter Allegorie die Seele
als Burg mit sieben Wohnungen betrachtet. Es ist das
letzte und — auch formell — vollendetste Werk der Hei=
ligen; sie zieht darin die Summe der ihr gewordenen
Offenbarungen.

Zu den geistlichen Prosaschriften kommen noch einige wenige Poesien, sowie die äußerst umfangreiche (einen starken Band der Rivadaneyraschen Biblioteca füllende) Korrespondenz Teresas, in der uns einerseits das demütig schlichte Wesen der Nonne, andererseits der tatkräftige Eifer der Apologetin fast noch ursprünglicher entgegentritt als in ihren übrigen Schriften. Im Gegensatz zu diesen zeigen uns Teresas Briefe ihren Verkehr mit der äußeren Welt: sie korrespondiert mit den höchsten weltlichen und geistlichen Würdenträgern, mit Philipp II., mit der Familie Alba, mit Bischöfen und Prälaten, mit den bedeutendsten Theologen. Dieser Verkehr hat sicherlich ihre Sprache bildend beeinflußt, ihre Fähigkeit, sich verschiedenen Lebens= verhältnissen auch im schriftlichen Ausdruck anzupassen, gehoben.

Soviel über die schriftstellerische Tätigkeit der Santa Teresa de Jesus, einer der berühmtesten Frauen, die je die Feder geführt haben.*) Beachtenswert wäre noch der für

---

*) Zu der von Vicente de la Fuente in der Ausgabe der Escritos de Santa Teresa (Biblioteca de Autores esp., Bd. 53 u. 55) Prelim. XXXIII ff. und bei Schneider, S. 33 A. 1 ver= zeichneten Literatur kommt noch Pingsmann, W.: Santa Teresa de Jesus, Köln, 1886 (Görresgesellschaft). Auch hier (S. II) bibliographische Nachweise. — „Opera Oder Alle Bücher vnnd Schrifften der Heiligen Seraphischen Jungfrawen vnd Mutter Teresa von Jesu“ übers. v. Matthias a Sancto Arnoldo in Ver= legung J. Kalckhovens in Cöln, 1649, 1651; 1708, 1709 und 1732 bei Franz Metternich in Köln, 1756 in Augsburg. — „Die Werke der heiligen Theresia“ übersetzt von L. G. Schwab, I—IV, Sulzbach, 1832. „Die Werke der heiligen Theresia“ übersetzt von Ludwig Clarus, I—V, Regensburg, 1851—1870. — „Die Werke der heiligen Theresia“ übersetzt von Ida Hahn-Hahn, Mainz, 1867. — Sämtliche Werke der heiligen Theresia. Mit den Anmerkungen und Zugaben der Ausgabe des P. Marcel Bouix S. J., übersetzt von A. K., I—III, Freiburg i. B., 1868

die Mystik jener Zeit bezeichnende Umstand, daß sich bei all dem Aufgehen in eine andere Welt ein gewisser prak= tischer Zug, jener Realismus, der sich im spanischen Wesen selten verleugnet, auch hier wiederfindet. Wie wir in Schriften der heiligen Teresa de Jesus eine Fülle von Sprüchen finden, die sich unmittelbar auf das praktische Leben beziehen, so schrieb Fr. Luis de León ein Hand= buch der Haushaltungskunde unter dem Titel „La per= fecta Casada" — es sind dies nur einzelne litterarische Beispiele aus der werktätigen, von den Mystikern ent= falteten Propaganda, in der sich namentlich Teresa als treffliche Geschäftsfrau bewährte.

Spanien hätte im 16. Jahrhundert keine Universal= monarchie sein müssen, wenn erlesene Geister sich nur mit der übersinnlichen Welt und nicht auch mit der Betrachtung der irdischen Ordnung, natürlich auch — bei jener starken Geltung des monarchischen Prinzips, wie sie in Spanien Wurzel gefaßt hatte — mit Herrschertugend und Herrscher= erziehung hätte beschäftigen sollen. Unter den zahlreichen einschlägigen Schriften seien Pedro Fernández de Navarretes Conservación de Monarquías und Diego de Saavedra Fajardos Idea de un Príncipe político Cristiano erwähnt. Weit über das Niveau der Genannten erhebt sich die literarische Tätigkeit eines anderen Schriftstellers, die an dieser Stelle besprochen werden soll, weil sie sich bei all ihrer Universalität doch vornehmlich den Staatsinteressen zuwendete.

Francisco de Quevedo y Villegas (1580—1645), der große Polygraph, einer der größten, den das ganze

bis 1873. — „Gebetsschule der h. Theresia etc." Aus den Schriften der h. Theresia gesammelt von J. Frassinetti. Aus dem Italienischen übersetzt von Ewald Bierbaum, Freiburg i. B., 1870. (Vergl. Schneider, S. 31 f.)

spanische Schrifttum aufzuweisen hat, gilt einem gründlichen Kenner seiner Werke als „valiente político, pro-
fundo filósofo, gran hablista, padre de los donaires y de
las gracias" („gewiegter Staatsmann, tiefer Denker, sprach-
gewaltiger Erzähler, Vater der Anmut und Grazie"), also
in erster Linie als político*); das ist angesichts der land-
läufigen Meinung, die in Quevedo fast ausschließlich den
Satiriker sieht, festzuhalten.   Stellt man die wichtigsten
Schriften unseres Autors zusammen und zieht man aus
ihnen die Summe, so ergibt sich ein nachdrücklicher Protest
gegen die Sittenverderbnis und Protektionswirtschaft, die
im 17. Jahrhundert um sich gegriffen hatten.   Mit juve-
nalischer Strenge, aber mit feinerem und umfassenderem
Verständnis als der alte Aquinate, blickt Quevedo seiner
Zeit ins Antlitz, das schon deutlich hippokratische Züge
aufweist.

Gründliche Studien an der damals weltberühmten
Hochschule zu Alcalá und reiche Erfahrungen in der
Schule des Lebens haben ihn zu solcher Erkenntnis be-
fähigt, ihm für sein staatsmännisches Richteramt das
Reifezeugnis gegeben.   Ein trefflicher Kenner des Griechischen, Lateinischen, Arabischen, Hebräischen, Italienischen
und Französischen, stand er schon im Alter von 23 Jahren
mit Justus Lipsius in Briefwechsel.   In späterer Zeit
hat er das, was man Höhen und Tiefen des Lebens nennt,
vollauf durchkostet: die höchsten staatlichen Würden, die ihm
zuteil wurden, wechselten ab mit Verbannung und Haft.

---

*) Aureliano Fernández Guerra in dem trefflichen Discurso
preliminar zu seiner Quevedo-Ausgabe (Biblioteca de Autores
esp. 1852 ff.).   Der erste Band der von Menéndez y Pelayo
besorgten Neuauflage dieser Ausgabe (Sociedad de Bibliófilos
Andaluces, Sevilla, 1897) bietet einen bis in die jüngsten Jahre
ergänzten bibliographischen Apparat, der weitere Literaturangaben überflüssig macht.

Was den durch Quevedos glänzendes satirisches Talent nicht Geblendeten vor allem fesselt, ist seine hohe Begeisterung und sein unermüdlicher Kampf für das sittliche Prinzip. Dieses durchtränkt seine bedeutendsten politischen Schriften und verleugnet sich nicht bei dem gewöhnlichen Pasquill, das aus seiner Feder stammt. Wenn Quevedo bei diesem Kampf von dem katholischen Glauben ausgeht, dessen Grundlagen auch die Grund= lagen seiner politischen Anschauungen bilden, so ist er hierbei ebenso ein Kind seines Volkes wie in der keines= wegs vorübergehenden oder unfruchtbaren Beschäftigung mit Gegenständen der katholischen Moral oder mit den vitae der Heiligen. Der Grund, warum einer der vor= urteilslosesten Kunstrichter Quevedo mit Recht „l'un des écrivains les plus véritablement nationaux que possède l'Espagne"*) nennen durfte, liegt aber tiefer. Der scharf= blickende spanische Staatsmann kennt nicht nur aufs gründlichste die privaten und öffentlichen Zustände, sowie Mißstände seines Vaterlandes — er ist auch von ehr= lichem Streben erfüllt, mit all seiner Kraft bessernd zu wirken. Wenn er sich hierbei für eine verlorene, wenig= stens damals verlorene Sache ereifert, so. braucht dies unsere Sympathie für ihn nicht zu schmälern.

Zu der angedeuteten Würdigung Quevedos führen seine reifsten Schriften, eben diejenigen, in denen er die Erfahrungen eines reichbewegten Lebens in wohldurch= dachter Weise zu Nutz und Frommen der Mit= und Nach= welt verarbeitet. Des Meisters Hauptwerk: Politica de Dios y gobierno de Cristo kann wohl nicht, wie die spanischen Kritiker wollen, als sistema completo de go= bierno betrachtet werden. Systeme streng methodisch zu

*) Mérimee, Ernest: Essai sur la vie et les œuvres de Francisco de Quevedo 1580—1645. Paris, 1886. S. 413.

entwickeln und aufzubauen, ist eine Aufgabe, welcher der
Spanier sich im allgemeinen nicht gewachsen zeigt.
Quevedo stellt in der Política Christus als höchstes Bei=
spiel für einen Herrscher, das Evangelium als Grundlage
aller Regierungskunst hin. „Könnt Ihr," so wendet er
sich direkt an Philipp IV., „könnt Ihr auch keine Wunder
wirken wie Jesus, so könnt Ihr doch sein Beispiel nach=
ahmen." Auf solchem Boden fußend und — sich sicher
fühlend nimmt der Staatsmann Anlaß, die tiefsten Ge=
danken über das monarchische Prinzip und über öffent=
liches Wohl zu entwickeln. Herrschen ist Wachen: „Der
König dient dem öffentlichen Wohl, die Bedürfnisse seines
Reiches bilden seine Krone." Wie in der Política de
Dios das Christentum, so bietet in Quevedos Marco Bruto
die Antike einen Spiegel für den modernen Staat. In
großangelegten Bildern führt „La hora de todos" (Die
Stunde für alle) die politischen und sittlichen Verhältnisse
jener Zeit vor und fällt über Laster und Irrtümer ein
bitter richtendes Urteil. La hora, erst nach des Verfassers
Tode gedruckt, wird ihrer Anlage nach (in der die olym=
pische Vision eine große Rolle spielt) nicht mit Unrecht
zu den Sueños gerechnet. Die „Träume", denen Quevedo
seine europäische Berühmtheit verdankt, haben seit ihrem Er=
scheinen als Meisterwerke satirischer Phantasien gegolten:
ihre eigentliche Kraft ziehen sie, wie jeder Tadel, vor dem
man sich beugt, aus dem tief rechtlichen und wahrhaft
sittlichen Charakter ihres Urhebers, „a strong and honest
man in a corrupt age" (Fitzmaurice=Kelly). Schon in
frühen Erzeugnissen der spanischen Literatur, in der Dis=
puta del alma y el cuerpo in der Revelación del Eremitaño
(Bd. I, S. 100, 132) finden wir die satirisch=moralische
Tendenz in eine Vision eingekleidet. Näher berühren sich
mit den Sueños die mittelalterlichen Totentänze (über die

spanische Danza vergl. Bd. I, S. 132), bei denen in langem
Zug Vertreter aller Stämme und Berufszweige mit ihren
Sünden und Torheiten erscheinen. Unmittelbarer Vorgänger in der von Quevedo verwendeten Form ist Juan
de Valdés in seinem Diálogo de Mercurio y Carón. Die
Literatur der Höllenvisionen steht sichtlich unter dem gewaltigen Einfluß des Inferno; bei den Sueños Quevedos,
des Humanisten, war außer Dante noch für die Toten-
gespräche (wie früher schon für den Diálogo des Valdés)
Lukian vorbildlich.

Nicht immer spannt Quevedo den Bogen straff: das
horazische ridendo dicere verum, das er bezeichnenderweise seiner letzten Arbeit (La hora de todos) als Geleit-
wort vorsetzte: el tratadillo, burla burlando es de veras,
hat er in geistreichster Weise — hierin nur von dem
noch abgeklärteren Schöpfer des Don Quixote über-
troffen — geübt. Aber die Richter des Santo Oficio, die
beim Erscheinen der Política über den Abstand staunten,
der diese von einigen hervorstechend burlesken Teilen der
Sueños trenne, hatten unrecht. Die Sueños sind als weit
ausgreifende, die „Polis" im allgemeinsten Sinn betreffende
Satiren ebenso Vorbereitung zu den politischen Schriften,
wie eine früher an entsprechender Stelle behandelte Jugend-
arbeit, der mit Recht als eine der Menschheit nützliche
„Lección" bezeichnete Buscón (S. 55) als eine sich freilich
in den irdischen Niederungen bewegende Vorstudie zu den
Sueños gelten darf.

Zu der erstaunlichen Zahl der Schriften Quevedos
über Politik, Finanzen, soziale Ökonomie, zu den Satiren
und Kritiken, Briefen, den moralischen, religiösen Trak-
taten und Übersetzungen treten noch eine Reihe von Streit-
schriften — für jede auftauchende Tagesfrage hatte der
ebenso bewegliche als fruchtbare Schriftsteller eine Be-

sprechung, ein Pamphlet bereit. Erwähnt sei das Ein=
treten des Santjagoritters für den spanischen Patron
(gegen Santa Teresa, vergl. S. 96), der Kampf des ge=
wandten Stilisten gegen den Schwulst Góngoras (vergl.
S. 107) und seiner Schüler, gegen die Helden der Dunkel=
heit, „die alle Leuchten auslöschen".

Unser Staunen über die Schaffenskraft Quevedos
wächst, wenn wir seine dichterische Fruchtbarkeit erwägen.
Die letzte, leider noch nicht recht gesichtete Sammlung
seiner Poesien*) füllt 600 Seiten in kleinem Druck, und
es schwindelt uns bei dem Gedanken an die Angabe des
Gonzales de Salas, es sei nicht einmal der zwanzigste
Teil der Gedichte Quevedos erhalten. Er hat sich in
allen Sangesformen versucht, im Epos, wie in der Lyrik,
war auch dramatisch produktiv (selbst Entremeses und
Bailes entstammen seiner Feder). Hervorzuheben sind seine
Versuche, die griechischen Lyriker (Anakreon, Phokylides)
durch Übersetzungen bekannt zu machen, sowie seine Ro=
manzen, die sich beim Volke großer Beliebtheit erfreuten:
„sie werden die Welt unterhalten, solange unsere Sprache
dauert" sagt von ihm Quintana.

Quevedo gehört zu den markantesten Erscheinungen,
die das gesamte spanische Schrifttum im 17. Jahrhundert
aufzuweisen hat. E. Mérimée übertreibt nicht, wenn er
Quevedo einen noch größeren Dichter nennt, als es selbst
Cervantes war, der freilich in der Meisterschaft, die
dichterische Gabe mit weisem Maß zu nützen, von dem
späteren Rivalen nicht erreicht wurde. Quevedo hat zu
weit ausgegriffen, den Kreis seines schriftstellerischen
Schaffens in übermäßigem Umfang ausgedehnt. Sich in
Quevedo finden, heißt im tiefsten und weitesten Sinne des

---

*) Von F. Janer, Biblioteca de Aut. esp. LXIX (1877).

Wortes ein Welterfahrener sein; jeden von dem Sprach=
gewaltigen gebrauchten Ausdruck seiner Bedeutung nach
verstehen, heißt das Spanische vollendet beherrschen. Aber
nicht bloß die Tiefe und Fülle der in Quevedos Schriften
enthaltenen Gedanken, die oft mit wirr angebrachten ge=
lehrten Belegen durchsetzt sind, nicht bloß der unendliche
Reichtum des Wortschatzes, der den Tabernen=Jargon
ebenso begreift, wie die gezierte höfische Sprache, machen
das Verständnis der Werke unseres Polygraphen schwierig.
Quevedo gefällt sich in einem eigenartigen Stil, in grellem
Nebeneinanderstellen schneidender Gegensätze (hierin wie
in mancher anderen Beziehung unserem Jean Paul sehr
ähnlich), Häufung von Spitzfindigkeiten (agudezas), Sen=
tenzen, doppelsinnigen, änigmatischen Ausdrücken, ge=
zwungenen Anspielungen — er ist einer der Hauptver=
treter jener Stilart, die allgemein mit dem Namen
Konzeptismus bezeichnet wird.

Als Vorgänger Quevedos in dem eben gekennzeich=
neten eigentümlichen Stile darf der Dichter Alonso de
Ledesma (1552—1623) betrachtet werden, der als eigent=
licher Gründer der Schule des Konzeptismus in ver=
schiedenen Dichtungen und insbesondere in seinem Monstruo
imaginado Beispiele und Vorschriften für die Anwendung
überraschender und scharfsinniger Gedanken, Allegorien
und Paradoxen gab. Der bedeutendste Nachfolger Que=
vedos in der bezeichneten Schule war der aragonesische
Jesuit Baltasar Gracián (1601—1658). Der Einfluß,
den Quevedo auf diesen scharfsinnigen und gelehrten Geist
übte, läßt sich auf verschiedenen Gebieten, nicht bloß auf
dem des Stils, nachweisen. Wenn man behauptet hat,
Quevedo sei mehr Dichter, Gracián mehr Philosoph, so
mag sich dieses Urteil vielleicht darauf gründen, daß
Quevedo der weitaus phantastischere, universeller gebildete

und univerſeller tätige Geiſt, trotz ſeines Strebens zu
nützen, ein minder praktiſcher, minder methodiſcher Denker
iſt als Gracián. Quevedo ſteht als Stiliſt höher als
Gracián, der ſeinerſeits die beiden Schriftſtellern eigene
Schreibart, den Konzeptismus, in ein Syſtem gebracht und
in ſeiner berühmten Agudeza y Arte de Ingenio (1642)
eine Art konzeptiſtiſcher Ars rhetorica geliefert hat, die
ſich durch Beleſenheit, tüchtiges Wiſſen und in gar manchen
Teilen durch ſeinen ſtiliſtiſchen Takt auszeichnet. Auch
auf andern Gebieten läßt ſich ein gewiſſes Weiterſchreiten
auf den durch Quevedo angebahnten Wegen bei Gracián
wahrnehmen. Der Tadel, die Satire des großen Mei=
ſters — durchaus nicht frei von der Hoffnung auf
Beſſerung der zeitgenöſſiſchen Verhältniſſe, ja durch dieſe
Hoffnung geradezu inſpiriert — werden bei Gracián zum
Peſſimismus. Quevedo, urſprünglich keineswegs ein Feind
des ſchönen Geſchlechts, verſchont gleichwohl in ſeinen
Gedichten, und gerade in manchen der köſtlichſten, die
Frauen nicht mit ſeinem Spott — Gracián wird ent=
ſchiedener Miſogyn. Seine trübe Weltanſchauung hat
ihm ja, wie bekannt, die Zuneigung eines der größten
deutſchen Denker, Arthur Schopenhauers, verſchafft, welcher
die „Oráculo manual" betitelte Sammlung von Vor=
ſchriften der Lebensweisheit des geiſtesverwandten Spa=
niers ins Deutſche überſetzte.*) Graciáns Hauptwerk iſt
der „Criticon", in dem ſeine hervorragenden Gaben, ſcharfe
Beobachtung ſozialer Verhältniſſe, tiefernſte ſittliche Welt=
anſchauung und ſentenziöſer Vortrag zu beſonderer Gel=
tung gelangen. Neben der Theorie des Konzeptismus
und dem ebenerwähnten allegoriſchen Gemälde des menſch=

---

*) Aus dem Nachlaß des Philoſophen herausgegeben,
3. Auflage, Leipzig, Brockhaus 1877.

lichen Lebens in Romanform besitzen wir von Gracián noch
„El héroe", einen Traktat über die Erziehung zum Helden,
und eine Theorie der intellektuellen Fähigkeiten unter dem
Titel „El discreto". Gracián, ohne Zweifel einer der
hervorragendsten Denker Spaniens im 17. Jahrhundert,
— „segundo de aquel siglo en originalidad de invenciones
fantásticas" nennt ihn Menéndez y Pelayo — hat bezeichnenderweise mehr Einfluß außerhalb Spaniens als
bei seinen eigenen Landsleuten geübt*), und nach Schopen-
hauer war es wieder ein Deutscher, der dem vielver-
kannten spanischen Denker eine ausführliche und liebevolle
Würdigung zuteil werden ließ.**)

Ebenso wie Quevedo hat sich auch Gracián gegen
die unter dem Namen Kultismus oder Kulteranismus bekannte Stilart gewendet, ein Umstand, der hervorzuheben
ist, weil Gracián lange Zeit hindurch selbst irrtümlich
zu den „cultos" gerechnet wurde. Wiederholt kämpft
unser Autor in seinem Críticon gegen die Häufung von
schalen Allegorien, gegen das Abhetzen von Metaphern
und hat in dieser seiner Polemik das Wesen des vom Konzeptismus wohl zu unterscheidenden Kultismus getroffen.
Dieser sieht die Hauptaufgabe stilistischer Kunst darin,
Bilder auf Bilder zu häufen, durch größtmöglichen
Schwulst der Rede greifbare Gedanken zu verbannen,
den Sinn eines Satzes, falls ein solcher überhaupt be-
absichtigt ist, vollständig zu verdunkeln und durch solche
Mittel den Leser zu verblüffen. Manierierter, geschraubter,
schwülstiger Stil war im 17. Jahrhundert zur europäischen

*) Die deutschen Übersetzungen des 17. Jahrhunderts bei
Schneider a. a. O., S. 153ff.
**) Borinski, Carl: Balthasar Gracián und die Hofliteratur
in Deutschland, Halle a. S., 1894. Vergl. Farinellis Besprechung
in der Zeitschr. f. vergl. Literaturgesch. N. F. IX, S. 379 ff.

Modekrankheit geworden — man denke an die Precieusen
Frankreichs, an den Marinismus Italiens, an den
Euphuismus in England, an die schlesischen Schulen —,
aber kaum irgendwo hat diese Krankheit tiefere Wurzel ge=
faßt und verderblicher fortgewirkt als in Spanien. Ihre
Ätiologie ist noch nicht völlig aufgehellt: in langwierigem
Streite bezichtigten sich Spanien und Italien der un=
rühmlichen Urheberschaft; eine Abhängigkeit Lylys oder
gar Shakespeares von dem spanischen Kultismus erscheint
schon aus chronologischen Gründen undenkbar.*) Tat=
sache ist, daß Luis de Carrillo (1583—1610), ein nicht
unbegabter spanischer Literat, der als junger Krieger in
Italien diente, dort in den Bannkreis Giovanni Battista
Marinos geriet und als erster Spanier den neumodischen
Stil in seinen Dichtungen anwandte. Hauptvertreter der
gekennzeichneten Richtung ist Luis de Argote y Góngora
(1561—1627), welcher der neuen Manier den breitesten
Spielraum und wuchernde Entfaltung verschaffen sollte.
Góngora hat, obwohl lange nicht so gründlich und um=
fassend vorgebildet wie etwa Quevedo und Gracián, in
seiner ersten Zeit ansprechende Dichtungen in der Art
Herreras verfaßt und außer der berühmten Ode auf die
Armada namentlich eine Reihe von Romanzen**) und
Letrillas geschaffen, in denen sich Formgewandtheit mit
keineswegs unnatürlichem Ausdruck paarte. Es scheint,
daß Góngora mit diesen Poesien nicht den von ihm ehr=
geizig angestrebten Effekt erzielte und darum nach einer

---

*) Über die Beziehungen Englands und Spaniens während
des 16. und 17. Jahrhunderts vergl. Underhill, John Garrett:
Spanish literature in the England of the Tudors. New
York, 1899.

**) Einige Romanzen (nicht eben die besten) wurden in
ungebundener Rede von J. G. Jacobi übertragen. (Halle, 1767.)

Art herostratischen Ruhms begehrte, der ihm denn auch reicher, als er selbst wohl zu ahnen vermocht hatte, zuteil ward. Er wendet sich fein berechnend an die Gebildeten, die cultos — daher der Name für die neue Weise — und überrascht sie, besonders in seinem Hauptwerk, den „Soledades", durch unerhörte Metaphern und Tropen, durch gekünstelte Antithesen, durch neue oder ungewohnt angewendete Wörter und Phrasen. Einen traurigen Beweis für den durchschlagenden Erfolg Góngoras bildet das servum pecus seiner Kärrner: Cristóbal Salazar Mardones lieferte eine 400 Quartseiten umfassende Erläuterung zu den 127 Strophen der Dichtung Piramo y Tisbe, und der noch unförmlichere Kommentar, den Garcia de Salcedo y Coronel verbrach, bedeutet eine Ausgeburt der Geschmacklosigkeit und gesuchter Dunkelheit. Schlimmer noch als diese Auswüchse, die sich selbst richten, ist die Tatsache, daß durch den Beifall, den der Gongorismus fand, auch gesunde Geister angekränkelt wurden. Erlesene Köpfe, ein Tirso de Molina, ein Calderón, zeigen deutliche Spuren dieses Einflusses; minder Widerstandsfähige erlagen ihm völlig. Der Reiz der Modeneuheit verband sich mit der angesichts des politischen Tiefstandes noch gesteigerten Empfänglichkeit der Spanier für stolze Übertreibung und bizarre Bilderfülle, und ungemein bezeichnend ist es, daß Góngoras Soledades und Polifemo in den Colegios auswendig gelernt wurden. Für die klassische Periode hatte die Stunde geschlagen: der Gongorismus infizierte die Schule, die Literatur, die Gesellschaft, ja selbst die Kanzelrede — er schien unausrottbar; jedenfalls begleitet und beschleunigt er den Verfall nach der glänzenden Blütezeit spanischen Schrifttums.

Der Verfall.

Der Verfall der spanischen Literatur während der zweiten Hälfte des 17. Jahrhunderts ging Hand in Hand mit dem fortschreitenden Zusammenbruche der Weltmonarchie, dessen letzte Ursachen weit mehr in trügerischen Erwartungen, die man in den unermeßlichen Kolonialbesitz setzte, in der verfehlten allgemeinen, Kriegs= und Wirtschafts=politik, sowie in der Vertreibung betriebsamer Bevölkerungs=klassen liegen, als in der „geistigen Bevormundung", die Henry Thomas Buckle, ein des geistigen Lebens auf der Halbinsel und der unverfälschten spanischen Geschichts=quellen nicht recht Kundiger, als Wurzel allen Übels be=zeichnet hatte. Das indische Gold war in erster Linie der Fluch einer Gesellschaft, die in mühelosem Erwerb sich zu bereichern hoffte und die, ehrliche Arbeit und die Schätze des ererbten Bodens mißachtend, allen Halt verlor, schließlich dem Hunger preisgegeben war und nur noch von der Erinnerung an einstige Größe zehrte. Das schöne Schrifttum, das in Spanien vielleicht mehr als in irgend einem andern Kulturland sich mit dem nationalen Geist aufs innigste vermählt hatte, mußte durch solchen Zusammenbruch mitgerissen werden; nicht minder gefährdete eine Literatur, die aus dem heimischen Boden die beste Kraft zog, der Umstand, daß mit Philipp V. das Haus der Bourbonen in Spanien zur Herrschaft und fremd=ländischer Geist zu hohem Einfluß gelangte. Ludwig XIV. hatte seinem Enkel wiederholt eingeschärft, auch in der Fremde nicht zu vergessen, daß er ein französischer Prinz sei, und Philipp V. ist dieser Mahnung eingedenk ge=blieben. Französisches Wesen, Herrschaft französischer Günstlinge machten sich breit, auch das Schrifttum beugte sich dem übermächtigen Einfluß, nachdem schon früher

Werken der Nachbarliteratur in Spanien Eingang ge=
währt worden war. So hatte Quevedo aus dem Fran=
zösischen übertragen (Franz von Sales), Diego de Cisneros,
der Verfasser einer Gramática francesa en español, die
Essais Montaignes seinen Landsleuten verdolmetscht, Juan
Bautista Diamante eine Übersetzung (wenn man will,
Rüdübersetzung) des Corneilleschen Cid geliefert, und
1680 war eine stark gekürzte Umarbeitung von Le Bour-
geois Gentilhomme Molières unter dem Titel El labrador
gentilhombre über die Bühne des Buen Retiro gegangen.*)
Der französische Einfluß blieb, wie man weiß, im 18. Jahr=
hundert nicht auf die pyrenäische Halbinsel beschränkt, er
war ein allgemeiner, und es ist festzuhalten, daß er
literarisch in Spanien nicht so tief ging, wie etwa in
Deutschland unter Friedrich dem Großen. Auf der pyre=
näischen Halbinsel macht sich ein vernünftiges Streben
geltend, wenigstens das Vorhandene gut zu sichten und zu
schützen, wenn schon zu neuen ursprünglichen Schöpfungen
auf dem Gebiet der schönen Literatur die vorhandene Kraft
nicht ausreichte. Es ehrt König Philipp V., der Villemain
als Mann „sans souci de rien d'honorable“ erschien, daß
er dieses Streben förderte und nach den Vorbildern, die
ihm sein Heimatland gab, in richtige Bahnen lenkte.
1711 wurde die Biblioteca Nacional gegründet, die,
heutzutage mit Recht als erste literarische Sammlung
Spaniens berühmt, der Wissenschaft hervorragende Dienste
geleistet hat und noch leisten wird; 1713—1714 vollzog
sich unter den Auspicien des Königs die Gründung der

---

*) Cotarelo y Mori, Emilio: Traductores castellanos de
Molière. Homenaje á Menéndez y Pelayo I, 69—141. Eine
gute Probe für eine Arbeit, die noch zu unternehmen wäre: die
Darstellung des französischen Einflusses auf die spanische Literatur
in den letzten drei Jahrhunderten.

Real Academia Española, die sich als vornehmste Aufgabe stellte, die Reinheit und Schönheit der kastilianischen
Sprache zu wahren und zu pflegen, und zwar, wie es
mit deutlichem Hinweis auf den Kulteranismus in dem
Statute heißt, „indem sie alle Fehler auszurotten sucht,
welche Unwissenheit, hohle Affektiertheit und Nachlässigkeit
zur Folge hatten". Dieser gelehrten Gesellschaft trat
bald darauf (1738) die Real Academia de la Historia —
heute eine der tätigsten aller Akademien — zur Seite,
und diese löblichen Beispiele wirkten so anregend, daß
Martin Sarmiento im Jahre 1752 schreiben konnte:
„Die Residenz ist voll glühender Begeisterung für literarische
Projekte. Dutzendweise werden wissenschaftliche und Kunst-
Akademien jeder Art errichtet."*) So ist das 18. Jahrhundert für die spanische Gelehrtengeschichte von hoher
Bedeutung, und der Academia Española gebührt das
Verdienst, mit einer wissenschaftlichen Monumentalarbeit
vorangegangen zu sein. Das 1726 in sechs Foliobänden
abgeschlossene akademische Diccionario de la lengua mit
zahlreichen Belegstellen (daher der Name „D. de autoridades")
ist, obwohl die erst von Sánchez publizierten ältesten Texte
noch nicht benutzt werden konnten, eine für jene Zeit höchst
achtenswerte lexikalische Leistung.

Für das literarische Schaffen werden freilich, wie
dies unter den eben angedeuteten Verhältnissen leicht

---

*) Roca, Pedro: Origenes de la Real Academia de Ciencias
exactas, físicas y naturales. (Historia científica del primer
Gobierno de Fernando IV.) Homenaje á Menéndez y Pelayo II,
815—946, überliefert diese und noch andere aufschlußreiche Nachrichten über die spanischen gelehrten Gesellschaften jener Zeit.
Über gelehrte Vereinigungen mehr privaten Charakters (tertulias
literarias) vor Gründung der Academia Española vergl. Pérez
de Guzmán: Bajo los Austrias. Academias literarias de ingenios
y señores. Revista Moderna VI (1894), Nr. 71, 68—107.

erklärlich ist, die ästhetischen Regeln aus Frankreich
geholt. An der Spitze der neuen Richtung steht Ignacio
de Luzán (1702—1754). Vielseitig, durch weite Reisen
wie durch eigene Studien gebildet, ward er durch die
Italiener Vico, Gravina und Muratori, auch in Frankreich
durch Boileau und die französischen Rhetoriker beeinflußt.
Sein ästhetisch=kritisches Glaubensbekenntnis legte er in
seiner 1737 erschienenen Poética nieder, die (im 3. Buche)
den Spaniern die Nachahmung der berühmten französischen
Regeln von den drei Einheiten empfahl.

Ersprießlicher als diese der poetischen Tradition
Spaniens widersprechenden Lehren waren die scharfen,
aber von gesundem Urteil zeugenden Kritiken, die der
von F. M. Huerta, Martínez Salafranca und Puig 1737
bis 1739 herausgegebene Diario de los Literatos de
España („dedicado al Rey N. S.“) brachte, insbesondere
jedoch die Schriften des Benediktiners Benito Gerónimo
Feijóo (1675—1764), der in seinem Teatro crítico und
in den Cartas eruditas y curiosas gelehrte Erörterungen
veröffentlichte, die fast das Gesamtgebiet menschlicher Kennt=
nisse umfaßten und die Spanien mit den wissenschaftlichen
Arbeiten des Auslandes bekannt machten.*) Ein historischer
Quellenforscher allererſten Ranges erſtand Spanien in
Enrique Florez y Huidobro, der im 18. Jahrhundert für
Ermittlung und Nutzbarmachung geschichtlicher Zeugnisse
ebenso verdienstlich wirkte, wie Ambr. de Morales und Ger.
Zurita im vorhergegangenen. War es ihm auch nicht ver=
gönnt, das große Werk: „España sagrada“ zum Abschluß
zu bringen — er publizierte 27 Bände der Sammlung
(1747—1772), die heute auf 60 Bände gediehen ist — so
hatte er doch die Vorarbeiten auf das gesamte Gebiet spa=

*) Menéndez y Pelayo, Marcelino: Historia de las ideas
estéticas en España, Bd. III (Madrid, 1886), 287ff.

nischer Kirchengeschichte ausgedehnt und nicht bloß für die
Fortsetzer des Werks (Manuel Risco, Antolin Merino,
José de la Canal u. a.) den Weg zur weiteren Forschung
gewiesen, sondern auch zu einer Fülle anderer historischer
Arbeiten mächtige Anregung geboten. Das 18. Jahr=
hundert ist eben für Spanien eine Zeit des Rückschauens,
des Sammelns und Ordnens der reichen geistigen Erb=
schaft, die man aus früheren Jahrhunderten übernommen
hatte: so umfaßt, um nur ein Beispiel anzuführen, die
sogenannte „Colección Andrés Marcos Burriel" — die
handschriftliche Sammlung dokumentarischer Quellen eines
einzigen Historikers jener Zeit — 252 jetzt in der Madrider
National-Bibliothek aufbewahrte Folianten. Waren Burriel
und viele andere Forscher des 18. Jahrhunderts in erster
Linie Sammler, so fehlte es auch nicht an solchen, die
das aufgespeicherte Material für die Öffentlichkeit nutzbar
machten, eine Tätigkeit, die besonders der Literatur=
geschichte zustatten kam. So hat der gelehrte Martin
Sarmiento (1695—1772) in seinen Memorias para la
Historia de la Poesía y Poetas españoles das spanische
Schrifttum selbständig durchforscht und seinen Nachfolgern
reiche Anregung gegeben; die Orígenes de la Poesía
castellana des Luis José Velázquez de Velasco (1722
bis 1772) waren in der Übersetzung Diezes (1779) das
einzige nennenswerte Werk, das bis zum Erscheinen von
Bouterweks Geschichte der spanischen Beredsamkeit (1804)
die Kunde dieser Literatur in Deutschland vermittelte.
Tomas Antonio Sánchez hat sich dadurch, daß er in
seiner Colección de Poesías castellanas anteriores al
siglo XV (4 Bände, 1779—1790) wichtige alte Literatur=
denkmäler, darunter das Poema del Cid, zum erstenmal
veröffentlichte, ein unvergängliches Verdienst erworben.
Als Autorität in literarischen, wie in sprachgeschichtlichen

Studien galt der fleißige und sprachgewandte Antonio de Capmany y de Montpalau, Verfasser eines fünfbändigen Teatro histórico-crítico de la Eloquencia española (Madrid, 1786—1794). Auf linguistischem Gebiet gab der Va=lencianer Gregorio Mayans y Siscar (1699—1781), der erste Herausgeber des Diálogo de la lengua des Juan de Valdés, durch seine Orígenes de la lengua castellana vielfältige Anregung; der Jesuit Lorenzo Hervás y Pan=duro (1735—1809), Verfasser des Catálogo de las len-guas de las naciones conocidas, galt als Vater der ver=gleichenden Sprachforschung. Ein alle übrigen Leistungen in Schatten stellendes bibliographisches und literar=historisches Monumentalwerk bildet die Bibliotheca Hispa-na vetus und nova, die auf Grund der von Nic. Antonio gesammelten Materialien von Francisco Pérez Bayer ergänzt und in vier Foliobänden (Madrid, 1783 - 1788) herausgegeben wurde. Keine Kulturnation kann sich eines ähnlichen Werkes aus jener Zeit rühmen, nur Mazzuchellis Scrittori hätten, wenn vollendet, der Biblio-theca vielleicht die Palme streitig gemacht.*)

Dieser weit ausgreifenden Tätigkeit auf dem Gebiete des Überkommenen stehen nur wenige ursprüngliche Neu=schöpfungen auf dem Gebiete der schönen Literatur gegen=über. Ziemlich vereinzelt erscheint auf dem Felde der Erzählung der Jesuit José Francisco de Isla mit seinem pittoresk-biographischen Roman: Historia del famoso pre-dicador Fray Gerundio de Campazas, der — weniger universell als der „Lazarillo" — die Schäden der da=

---

*) Der erste Versuch einer Geschichte der Universalliteratur wurde in derselben Zeit von einem gelehrten Spanier, Juan Andrés, unternommen, jedoch in italienischer Sprache, und zwar unter dem Titel: Dell' Origine e Stato attuale d'ogni Lette-ratura (Parma, 1782—1822, 8 Bde.) veröffentlicht.

maligen Gesellschaft vorzüglich nach einer Richtung, nämlich das Unwesen, das in den Klöstern und auf den Kanzeln getrieben wurde, aufdeckt und geißelt. Isla ist auch als Übersetzer des Gil Blas Lesages bekannt.*)

Die Lyrik ist im allgemeinen durch schwache und farblose Schöpfungen vertreten. Zu höherem Fluge holte nur eine kleinere Gruppe von Sängern aus, die in der Geschichte der spanischen Literatur unter dem Namen Salmantiner Schule bekannt ist. Mit den Bestrebungen dieses Kreises ist der Name eines der hervorragendsten Spanier jener Zeit, Gaspar Melchor de Jove = Llanos (1744—1811) innig verbunden. Ohne eigentlich dem Salmantiner Dichterkreise anzugehören, ohne selbst Dichter zu sein, hat er als bedeutender Staatsmann mit scharfem Blick die Forderungen der neueren Zeit erkannt, dabei gesunde alte Traditionen vollauf gewürdigt und in diesem Sinne weithin anregend gewirkt. Jove = Llanos ist eine der reinsten Gestalten, die am Beginne eines neuen Ab = schnittes spanischer Literatur und Kultur stehen. Von seinen ernsten Studien, von seinem regen Sammeleifer, legen die heute noch in Gijon aufbewahrten Dokumente und artistischen Kollektionen Zeugnis ab**); der prak = tische Blick, der ihn auszeichnet, ließ ihn mit dem In = teresse für die Gelehrsamkeit die Förderung des Unter =

---

*) Gaudeau, Bernard: Les prêcheurs burlesques en Es-pagne au XVIIIe siècle. Étude sur le P. Isla, Paris, 1891. Hier auch näheres über die Frage, was von dem hochtrabenden Titel der Übersetzung: „Aventuras de Gil Blas de Santillana, robadas á España, adoptadas en Francia por M. Le Sage, restituidas á su patria" zu halten sei.

**) Somoza de Montsoríu, Julio: Catálogo de manuscritos é impresos notables del Instituto de Jove-Llanos en Gijon, Oviedo, 1883. Derselbe: Inventario de un Jovellanista, Madrid, 1901.

richts vereinen, für deſſen Reform er in Wort und Schrift
eintrat. Einen Grundſatz, den die heutige Unterrichts-
praxis erſt zu verwirklichen trachtet, hat er ſchon vor
etwa einem Jahrhundert ausgeſprochen; ohne die klaſſiſchen
Studien vernachläſſigen zu wollen, erklärt er: „el estudio
de las lenguas vivas es más provechoso y necesario“;
überhaupt beſeelt ihn in ſeinem ganzen Wirken der Geiſt
des Fortſchrittes und der Aufklärung. Unter ſeinen zahlreichen ſchriftſtelleriſchen Arbeiten gehören die meiſten der
Politik und den Sozialwiſſenſchaften an, direkt auf die
ſchöne Literatur nimmt er nicht ſowohl durch ſeine eigenen
Schöpfungen (Dramen), als durch ſeine eben erwähnten
Beziehungen zur Salmantiner Schule Einfluß. An der
Spitze dieſer ſteht Juan Meléndez Valdés (1754—1817),
der größte Lyriker jener Zeit. Im Leben und in den
politiſchen Anſchauungen ſchwach, ja charakterlos, an
Ovid erinnernd, teilt er mit dem an echt dichteriſchem
Vermögen freilich weit größeren Römer die liebens-
würdige, weiche, manchmal üppige Empfindung, ſowie
leichten graziöſen Ausdruck bei relativ hoher Reinheit
und Korrektheit der Sprache. Die bukoliſchen Poeſien
unſeres Dichters treffen mitunter vorzüglich den ent-
ſprechenden Ton, am beſten ſind die erotiſchen Oden,
dieſe allerdings ſo frei, daß man lange Zeit mit ihrer
Veröffentlichung zögerte. Die politiſch-philoſophiſchen
Dichtungen atmen Menſchenliebe, Teilnahme an ſozialem
Fortſchritt, kurz den Geiſt des Meiſters Jove-Llanos.*)
Die Salmantiner Sänger, unter denen außer Meléndez
noch Joſé Igleſias (1753—1791), deſſen Letrillas reichen
Anklang fanden, und Nicaſio Álvarez de Cienfuegos

---

*) Über Jove-Llanos und Meléndez Valdés bot gehaltvolle
Studien Mérimée, Erneſt: Études sur la littérature espagnole
au XIXe siècle. Revue Hispanique I (1894), 34ff. u. 217ff.

(1764—1809) zu nennen sind, hatten für den modernen Geist ein offenes Auge, ohne dabei die Traditionen der goldenen Zeit heimischer Dichtung zu vergessen.

Als bedeutendes Formtalent, vielfach reproduzierend, aber durchaus nicht ohne eigene Impulse, stellt sich Tomás de Iriarte (1750—1791) dar.*) Den größten Ruhm erwarb er sich bei der Nachwelt durch seine Fábulas literarias (1782); zum Teil direkte Übersetzungen der Fabeln des Phaedrus, zum Teil selbständig, mit deutlichen Anspielungen auf Zeitgenossen, sind sie sämtlich ausgezeichnet durch scharfen, kräftigen Ausdruck und eindringlichen Vortrag, so daß manche in ihnen enthaltene Sentenz zum Sprichwort wurde. Iriarte, „el numen que el sabio mundo admira“, nachahmend, hat Felix Maria de Samaniego (1745—1801) Fabeln gedichtet, die heute noch in Schule und Haus heimisch sind und zu dem wenigen gehören, was aus der Literatur des 18. Jahrhunderts sich als volkstümliches Gut bis in die neueste Zeit bewahrt hat.

Verdienstlich hat sich Iriarte auch auf dramatischem Gebiete betätigt. Mit dem Einfluß der Poética Luzáns hing es zusammen, daß zu Iriartes Zeit fast ausschließlich platte und ungereimte Nachahmungen des französischen Theaters über die spanische Bühne gingen. Iriarte hat der dramatischen Produktion einen selbständigen Einschlag zu geben verstanden und vollbracht, was man treffend mit „españolizar la comedia clásica“ bezeichnete. Unter den Bühnendichtern, die ihm hierbei zur Seite standen, hat niemand glücklicher und erfolgreicher Iriartes Bestrebungen fortgesetzt, als Leandro Fernández de Moratín, der einzig wirklich bedeutende Lustspieldichter, den die Spanier an

---

*) Cotarelo y Mori, Emilio: Iriarte y su época. Madrid, 1897.

der Wende des 18. nnd 19. Jahrhunderts aufzuweisen
haben. Leandro wuchs in einer literarischen Umgebung
auf; sein Vater, Nicolus (1737—1780), hat sich dramatisch
versucht (Hormesinda, Guzman el Bueno), aber mehr in
epischen Dichtungen (Canto épico de las naves de Cortés
destruidas) als in seinen Bühnenwerken Erfolg errungen.
Der junge Leandro, 1760 geboren, war durch günstige
Umstände in der Lage, Reisen durch Frankreich, England,
Deutschland, die Schweiz und Italien zu unternehmen.
Von den Franzosen und ihrer Partei begünstigt, hat er sich
als glücklicher Nachahmer der französischen Bühnendichtung
bewiesen. Er ist auf dramatischem Gebiet jedenfalls der
bedeutendste unter den „afrancesados", verbindet mit Ein=
fachheit und Natürlichkeit der Komposition vortreffliche
Sitten= und Charakterschilderungen, und die Lustspiele
des „spanischen Molière": El viejo y la niña, La comedia
nueva, vor allem El Sí de la niñas haben sich nicht nur
zu Lebzeiten des Verfassers (er starb 1828) größten Bei=
falls erfreut, sondern auch heute noch im Spielplan des
spanischen Theaters erhalten.

Wer die tiefsten Blicke in die spanischen Verhältnisse,
namentlich aber in die sozialen, kleinbürgerlichen Zu=
stände der Hauptstadt zur Zeit Karl IV. geworfen und
das also Geschaute mit unerschöpflicher Laune, ursprüng=
lichem Humor und echter Genialität auf die Bühne ge=
bracht hat, ist Ramón de la Cruz y Cano (1731—1794),
der volkstümlichste Dichter des 18. Jahrhunderts. Auch
er ist, wie alle Welt zu jener Zeit, zunächst bei den Fran=
zosen in die Schule gegangen, dann hat er jedoch gelernt,
wo ihm der meiste Erfolg winkte und ward: in der
natürlichen Beobachtung, in der Zeichnung des Klein=
lebens der Großstadt. Er hat so eine neue Art kurzer
Farcen, Sainetes, eine Fortentwicklung der alten Pasos

geschaffen, hat — etwa mit dem Wiener Nestroy ver-
gleichbar — mit den in ihnen enthaltenen Intermezzi
und Kapriolen lange Jahre seine Zeitgenossen ergötzt und
nicht den schlechtesten derselben genug getan.*)

Das neunzehnte Jahrhundert.

Zu Beginn des 19. Jahrhunderts vollzieht sich im
geistigen Leben Spaniens ein Wandel zu Gunsten des
Fortschritts und der Aufklärung: „es tauchte eine neue
Welt empor, glanzvoller als die von Kolumbus entdeckte",
sagt ein spanischer Literarhistoriker**) in Anerkennung der
Errungenschaften der französischen Revolution, und tatsächlich bricht sich auch in Spanien nach und nach eine
freiheitliche Strömung Bahn, die erleuchtete Geister der
vorangegangenen Generation, wie Jove-Llanos, geahnt,
erhofft, zum Teil vorbereitet hatten. Frankreich erscheint
damals — wie noch für spätere Zeit, ja bis zu einem
gewissen Grade noch heute — nicht bloß als Vermittlerin
neuer Gesichtskreise und Ideen, sondern auch der literarischen
Beziehungen zu andern Ländern, unter denen zunächst
England, später Deutschland in Betracht kommen.

---

*) Cotarelo y Mori, Emilio: Don Ramón de la Cruz y
sus obras. Madrid, 1899. Das hier mitgeteilte Verzeichnis
von 542 tragedias, comedias, zarzuelas, sainetes, entremeses,
loas, introducciones, tragedias burlescas gibt einen Begriff von
der erstaunlichen Fruchtbarkeit des eigenartigen Bühnendichters.
Nur einen geringen Teil des vorhandenen handschriftlichen Materials bietet die jüngste Publikation: Sainetes inéditos de Don
Ramón de la Cruz, existentes en la Biblioteca Municipal de
Madrid y publicados por acuerdo del Excmo. Ayuntamiento
de esta villa. Madrid, 1900.
**) Calvo, Asensio: El teatro hispano-lusitano en el siglo
XIX. Madrid, 1875, S. 13.

Es ist bemerkenswert, daß die Greuel des Un=
abhängigkeitskrieges, die furchtbaren inneren und Ver=
fassungskämpfe (1820, 1823), während welcher gerade
die geistig bedeutendsten Männer Spaniens ihre Über=
zeugung mit Haft und Verbannung büßten, das literarische
Schaffen nicht erheblich beeinträchtigten; noch merkwürdiger
ist die Tatsache, daß der Nationalkampf gegen die Nachbarn
den französischen Einfluß keineswegs schwächte: nicht bloß
ausgesprochene afrancesados, sondern auch begeisterte
Patrioten blieben gelehrige Schüler ihrer politischen
Feinde. Ein Beispiel ist Manuel José Quintana (1772
bis 1857), ein Schüler der Salmantiner Meléndez Valdés
sowie Cienfuegos und Freund von Jove=Llanos. Seine
dichterische und schriftstellerische Tätigkeit zeigt nach Stoff
und Tendenz ein hervorstechend nationales Gepräge:
Quintanas flammende Odas á España libre (1808), die
— ebenso wie die tiefbewegten Dichtungen seines Ge=
sinnungs= und Sangesgenossen Juan Nicasio Gallego
(1777—1853) — in aller Munde lebten; die Heroen=
galerie Vida de Españoles célebres (1807 ff.), die den
vergeßlichen Zeitgenossen die alte Größe vor Augen
führen sollte; die von ähnlicher Absicht getragenen Poesías
castellanas selectas desde el tiempo de Juan de Mena
hasta nuestros dias (1808 ff.) zeigen den von glühendem
Patriotismus erfüllten Schriftsteller. In seinem Ideen=
kreise, auch in der Form, gehört aber Quintana der
französischen Richtung; seine Tragödie Pelayo beobachtet
die engen Regeln der Klassiker, auch in seiner Sprache
ist hin und wieder der gallische Einfluß bemerkbar. Wenn
nach dem Erscheinen von Eugenio de Ochoas Apuntes
para una Biblioteca de escritores españoles contemporáneos (1840) — einer mit Geschick und Umsicht ver=
anstalteten Sammlung von Proben der besten Literatur=

werke aus den ersten Dezennien des 19. Jahrhunderts —
ein in spanischen Dingen bewanderter französischer Kritiker
bemerkte: „Abordez ces deux volumes, vous ne croyez pas
sortir de France; tout ce que vous lisez est français"*),
so schießt ein so allgemeines Urteil natürlich weit über
das Ziel hinaus, beweist aber deutlich, wie sehr sich die
Franzosen im Schrifttum ihrer Nachbarn zu finden
glaubten. Die Möglichkeit hierfür war objektiv dadurch
gegeben, daß in dem Kampf zwischen Fremdem und
Bodenständigem, den ja auch Quintana mitmachte, die
alte Selbständigkeit, die ursprüngliche Kraft, welche die
Hochblüte auszeichnete, vermißt wird.**) Tatsächlich
fehlte den Spaniern ein Lessing, der mit kritischer Schärfe
den französischen Zwangsregeln Einhalt geboten, es fehlte
ihnen ein Goethe, der mit einem Schlage der Poesie
eine entscheidende Richtung gegeben hätte. Infolge der
fluktuierenden Unselbständigkeit, die fast die ganze Literatur
des 19. Jahrhunderts kennzeichnet, sucht man vergeblich
nach bahnbrechenden Schöpfungen, wie sie das 16. und
17. Jahrhundert aufweisen, nach wirksamen Strömungen,
die mit ihren Wellen auch das Schrifttum anderer Kultur=
völker mächtig erregt hätten. Hierzu kommt, daß auch
sorgfältig und gewissenhaft arbeitende Schriftsteller ihr
Talent durch Betätigung auf allen möglichen Literatur=

---

*) Philarète Chasles in der Revue des deux mondes IV,
28 (1841), S. 66.

**) Das hatte schon Bouterwek, ein unbefangener Richter,
sehr klar empfunden, und ebenso zutreffend wie bezeichnend ist
es, wenn E. Brinkmeier (Die Nat.-Lit. b. Spanier seit b. Anf. b.
19. Jahrh., Göttingen, 1850, Gesch. d. Poesie u. Beredsamkeit
seit dem Ende d 13. Jahrh. v. Fr. Bouterwek, Bd. 13) um die
Mitte des 19. Jahrhunderts mit Bezug auf jenes Urteil erklärte,
„die spanische Literatur sei im Grunde nicht um einen Schritt
vorwärts gegangen".

gattungen verſplitterten, ſtatt es in weiſer Sammlung
durch intenſive Tätigkeit nach einer beſtimmten Richtung
zu konzentrieren und zu ſtählen. Zu dieſen gehört Fran=
cisco Martínez de la Roſa (1788—1862), der durch ſeine
hohen Stellungen im Staat und in gelehrten Geſellſchaften
weitreichendes Anſehen genoß, infolge ſeiner Vielſeitigkeit
während der erſten Hälfte des 19. Jahrhunderts dem
Auslande als literariſcher Vertreter Spaniens erſchien,
heute aber auch ſpaniſchen Kritikern nur als Typus
ſchriftſtelleriſcher mediocritas, freilich einer aurea gilt.
Aus ſeiner Feder ſtammen lyriſche, dramatiſche, epiſche
und bidaktiſche Schöpfungen, Novellen und literariſche
Kritiken; überall zeigt er ſich als ſorgfältig wägender
Literat, nirgends als geborener Dichter. Auch ſeinen
annehmbarſten Werken, den dramatiſchen, fehlt der ur=
ſprüngliche, geniale Zug: weder in den Dramen „Edipo“,
„La conjuración de Venecia“, noch in den Luſtſpielen
„La hija en casa y la madre en la máscara“ läßt ſich
die franzöſiſche Einwirkung verkennen. Mit großer Ge=
wandtheit und Sorgfalt handhabt er aber die Sprache,
und ſeine lyriſchen Gedichte zeichnen ſich durch hohen
Wohllaut aus. Als politiſcher Redner glänzte Martínez
de la Roſa mehr denn als Hiſtoriker: ſeine zehnbändige
Geſchichte der franzöſiſchen Revolution „El espíritu del
siglo“ iſt nicht viel mehr als eine Nachahmung des
Thiersſchen Werkes.

Man hat Martínez de la Roſa den letzten Vertreter
des Klaſſizismus in Spanien genannt. Er war es in
der damals geläufigen, noch nicht von Schlegelſchem Geiſte
berührten Auffaſſung, im Sinne ſeiner Muſter Racine
und Alfieri. Wie Roſas Vorgänger: Montiano, Jove=
llanos, Quintana, wie den dem jüngeren Moratin ſehr
glücklich nacheifernden Luſtſpieldichter Manuel Eduardo

de Goroftiza (1789—1851), hemmen auch ihn die
Fesseln pedantischen Doktrinarismus. Gleichwohl ist
Martinez de la Rosa „dans la chaine de la poésie dra-
matique l'anneau de transition entre deux siècles" *),
genauer ausgedrückt der Vermittler zwischen zwei lite=
rarischen Strömungen, zwischen dem Klassizismus und
Romantizismus. Er wurde es nicht sowohl dadurch, daß
sein französisch geschriebenes Drama Aben=Humeya 1830
an der berühmten romantischen Greuelbühne der Porte
Saint=Martin einen Achtungserfolg errang, sondern wegen
gewisser freierer Anläufe in seinen besseren Bühnenwerken,
besonders in dem gelungensten, der durch gut gewählten
romantischen Hintergrund, spannende Handlung und ener=
gischen Dialog ausgezeichneten Conjuración de Venecia.**)
   Der Romantizismus hält natürlich durch Frankreichs
Vermittlung seinen Einzug, nicht durch direkte Fühlung
mit den ersten Erregern der Strömung, den Deutschen;
er ist auch weniger grübelnd, ironisch; den Hauptimpuls
gibt das Auflehnen gegen den Regelzwang, die wieder=
erwachende Vorliebe für die Heroenwelt des Mittelalters,
der wiederkehrende Geschmack für den freien Flug der
Phantasie: wirklich wiederkehrend, denn was Spanien in
den Dreißigerjahren des vorigen Jahrhunderts aus der
Fremde importierte, deckt sich in wesentlichen Zügen mit
dem, was die Meister der spanischen Blütezeit in ihren
Werken beobachtet und geübt hatten. Darum bedeutete
die romantische Bewegung in Spanien ein Aufleben alt=
nationalen Geistes; daher auch die Erfolge, die der erste
bedeutende Vertreter derselben, Angel Saavedra, Herzog
von Rivas (1791—1865), mit seinen Schöpfungen

---

*) Gassier, Alfred: Le théâtre espagnol, Paris, 1898, S. 236.
   **) Menéndez y Pelayo, Marcelino: Francisco Martinez
de la Rosa. Estudios de critica literaria. Madrid I (1884), 223ff.

errang. Ein begeisterter Freiheitskämpfer, im Unab=
hängigkeitskriege schwer verwundet, hielt er sich zunächst
als Salmantiner Schüler in seinen Dichtungen an die
doktrinäre Schablone des 18. Jahrhunderts. Auf längeren
Reisen in England, Frankreich und Italien fand er Ge=
legenheit, der romantischen Bewegung näher zu treten —
es genügt, die Werke genauer zu betrachten, mit denen er
den Sieg dieser Schule in Spanien begründete, um die Be=
deutung derselben gerade auf diesem Boden zu verstehen.
Die mehr novellistische als epische Dichtung: „El Moro
expósito ó Córdoba y Búrgos en el siglo décimo" (in
Tours 1833 vollendet) hat die aus den Romanzen bekannte
Legende von den sieben Infanten von Lara zum Vorwurf
(vergl. Bd. I, S. 90 ff.), einen Gegenstand, den vor Saa=
vedra u. a. Lope de Vega, Matos Fragoso, Francisco
Pacheco bearbeitet hatten, später noch, eben durch Saavedra
angeregt, Fernández y González wieder aufgreifen sollte.
Saavedra wählte einen gut spanischen, aus volkstümlichen
Quellen geschöpften Stoff und wendete an ihn die beste
Kraft seiner starken Gestaltungsgabe, seines hohen Form=
talents. Daß in Saavedras Behandlung Mudarra Haupt=
träger der Erzählung wird, neben ihm Ruy und Llambla
verblassen, daß, wie schon der Titel andeutet, Córdoba
und Burgos — die maurische Kulturstätte und die waffen=
klirrende kastilische Hauptstadt im 10. Jahrhundert —
ohne allzu große Sorge um die historische Treue eine
gegensätzliche Schilderung erfahren, beeinträchtigte nicht
den Erfolg der Dichtung, die nach langer Zeit wieder
eine echt nationale Erscheinung im spanischen Schrifttum
bedeutete. Nicht minderen Enthusiasmus als der Moro
expósito weckte eine gleichfalls nationale, dabei aber von
romantischem Geist getragene Schicksalstragödie „Don
Álvaro ó la fuerza del sino", in dem titanische Gestalten

des spanischen Mittelalters miteinander eine gewaltige Sprache reden. Aus dem ziemlich ausgebreiteten poetischen Schaffen Saavedras*) wäre noch das Lustspiel „Tanto vales quanto tienes", sowie eine größere Zahl glücklicher Nachahmungen der alten Romanzen zu erwähnen — in keiner seiner Dichtungen hat Saavedra die Forderungen der modernen Zeit mit dem spanischen Genius so trefflich vereinigt wie in den beiden erstgenannten; diese waren es auch, die weithin anregten. Der Moro expósito hat — ganz abgesehen von dem Einfluß auf Fernández y González — die nationale Dichtung belebt und befruchtet. Von dem Jubel, den das neun Jahre (1844) nach dem Álvaro in Madrid aufgeführte Stück Nuño einer sehr begabten Nachfolgerin Saavedras, Gertrudis Gómez de Avellaneda, weckte, sind uns sehr charakteristische zeit-genössische Berichte überliefert.**) Die schönsten Zeiten des alten spanischen Theaters schienen wiedergekehrt, die nationale Bühne wiedergewonnen, umsomehr, als außer dem führenden Saavedra dem romantischen Theater ein bedeutender Vertreter in Antonio García Gutiérrez (1813—1884) erstanden war. Garcías „Trovador", dem Verdi das Buch seiner Oper entnahm, hat begeisterte Zustimmung gefunden und nachhaltigen Erfolg errungen, den die späteren Stücke des Dichters allerdings nicht er-reichten.

Der Romantizismus hat die Vertreter der spanischen Literatur während des zweiten Drittels des vorigen Jahr-hunderts in der verschiedensten Art beeinflußt. Während Saavedra auf die alten Romanzen und das altspanische

---

*) Obras completas de D. Angel de Saavedra Duque de Rivas (mit Biographie und Erläuterungen), Bd. 1—5, Madrid, 1894—1900 (Colección de escr. castellanos).
**) Vergl. Revue des deux mondes, 1844, VII, 283 ff.

Theater zurückgreift, ist José de Espronceda (1810 bis 1842), ein Schüler des trefflichen Literarhistorikers Alberto Lista, vorwiegend Kosmopolit: mio es el mundo — como el aire libre läßt er seinen Mendigo sprechen und spricht wohl in ihm selbst. Auch er ist, wie Saavedra, Bewunderer Victor Hugos, nicht minder beeinflußte ihn aber das Studium Byrons und der Verkehr mit den jüngeren Romantikern. Espronceda, der Dichter des Weltschmerzes, jetzt noch modern (freilich nicht im Sinn der heutigen müden Dekadenten), glänzt durch glühende Phantasie, durch technisches Geschick; seine vulkanische Natur verkennt aber die Gebote von Ordnung und Maß, daher auch die schöpferische Kraft des „spanischen Musset" weit größere Erfolge auf lyrischem, als auf epischem Gebiete erzielte. Auch in den besten Gedichten „El pirata", „El estudiante de Salamanca" verfällt der ungestüme Revolutionär ins Bizarre; „El Mendigo" mutet modern sozialistisch an, seine berühmteste Dichtung „El diablo mundo" erinnert an manche Szenen aus Goethes „Faust".

Während Espronceda eine noch kürzere Lebenszeit beschieden war als seinem Vorbilde, dem Dichter-Lord, reicht das literarische Schaffen desjenigen seiner Zeitgenossen, der ihm gewöhnlich als Nachfolger an die Seite gestellt wird, noch bis in unsere Zeit. José de Zorrilla (1817 zu Valladolid geboren, 1893 mit Ehren mehr denn mit Glücksgütern gesegnet als poeta laureatus gestorben) war der beliebteste und gefeiertste spanische Dichter des 19. Jahrhunderts. Durch seine staunenswerte Fruchtbarkeit lenkte er schon in ganz jungen Jahren allgemeine Aufmerksamkeit auf sich: 1843 widmete Léonce de Lavergne dem damals Sechsundzwanzigjährigen in der Revue des deux mondes einen längeren Aufsatz. Wenn man ihn neben Espronceda stellte, so geschah dies, weil die Meister-

schaft harmonischen Versbaues, stimmungsvoller Darstellung und der gewaltige Flug der Phantasie sich von
diesem auf den Schüler vererbte: in der Weltanschauung
steht aber dem schmerzbewegten Freidenker Espronceda der
milde, tiefreligiöse Zorrilla gegenüber. Das Beste, was
wir von diesem besitzen, sind seine „Cantos del Trobador",
in denen er, obwohl Nachahmer der Romantiker, doch im
Stoffe vorwiegend national bleibt und altspanische Volks-
sagen, Legenden, Sänge mit Glück verwertet. Diese
Gedichte, wie das größere romantische Poem „Granada"
haben ihn als „viva personificación de la mística leyenda
y de las populares tradiciones" erscheinen lassen. Auf
dem Theater errang der Verskünstler und Erzähler freilich
keine solchen Erfolge wie in den lyrisch-epischen Gedichten.
Der poeta legendario wirkt in seinen (27) Bühnenstücken
durch prächtige lyrische Tiraden, durch die Musik seiner
sonoren Verse, — überlegte Durcharbeitung und Aus-
führung, logische Einheit, kurz, echte dramatische Kunst
fehlt Zorrillas Stücken. Gleichwohl blieb der äußere Erfolg
auch diesen treu; das Drama „El zapatero y el rey"
(„Schuster und König") mit gut volkstümlichem Vorwurf,
wie der Titel andeutet, und der „Don Juan Tenorio"
Zorrillas gehören auch heute noch zu den beliebtesten
Stücken der spanischen Bühne. Im Don Juan behandelt
unser Dichter ziemlich selbständig den Stoff, der seit dem
Erscheinen des dem Tirso de Molina zugeschriebenen
„Burlador" (siehe S. 75) die Runde durch die Weltliteratur gemacht hatte, und hier zeigen sich am besten
seine hohen Vorzüge: glänzende Inspiration, üppige
Phantasie, blendende Sprache, aber auch die Schwächen,
die seiner Bühnentechnik anhaften. Der Don Juan, ein
rechtes Zugstück, wird mit Vorliebe in Spanien (wie bei
uns „Der Müller und sein Kind") jährlich am Allerseelen-

tag gegeben. Der materielle Gewinn dieser Bühnenerfolge
ward den Verlegern, nicht dem Dichter; dieser suchte, aller
Mittel entblößt, einen ertragreicheren Boden für sein
Schaffen in der neuen Welt und weilte einige Zeit in
Méjico; mit seiner Rückkehr in die Heimat beginnt eine
zweite Schaffensperiode, der die „Leyenda del Cid" und
die „Recuerdos del tiempo viejo" (1880—1883) ange=
hören. In diesen hat der stets mit kümmerlichen Ver=
hältnissen kämpfende nationale Sänger, dem erst am
Lebensabende durch Cortesbeschluß ein jährlicher Ehren=
sold aus Staatsmitteln bewilligt wurde, seine Auto=
biographie niedergelegt.

Ebenso wie Zorrilla, aber mit viel größerem bühnen=
technischen Geschick, mit weiterem und tieferem Verständnis,
hat Juan Eugenio Hartzenbusch in seinen Bühnenwerken
dem spanisch=nationalen Gedanken Ausdruck gegeben. Er
wurde am 6. September 1806 als Sohn eines deutschen
Kunsttischlers und einer Spanierin in Madrid geboren
(† 1880). Des Vaters Gehilfe bei dem Handwerk, hat
er dieses auch nach dem Tode des Ernährers der Familie
fortgesetzt, ein Umstand, dessen sich der Dichter zeitlebens
rühmte. Neben der Arbeit an den Kunstmöbeln be=
schäftigten ihn unausgesetzt literarische und Sprachstudien,
deren Gründlichkeit ebenso wie manche Eigenschaften seines
poetischen Schaffens den deutschen Einschlag erkennen lassen.
Hartzenbusch ist neben Tamayo y Baus der bedeutendste
Gelehrte unter den Dramatikern des 19. Jahrhunderts,
stand damals unter seinen Landsleuten in Universalität
literarischen Wissens unerreicht da und hat in dieser Be=
ziehung nur an seinem gegenwärtig wirkenden Nachfolger
in der Leitung der Madrider National=Bibliothek, Mar=
celino Menéndez y Pelayo, einen Rivalen. Hartzenbusch
verwertete seine gründlichen Kenntnisse des französischen,

deutſchen, engliſchen und italieniſchen Theaters bei Über=
ſetzungen, Bearbeitungen und Nachahmungen fremder
Stücke. Mit Vorliebe wendete er ſich aber der ſpaniſchen
Literatur zu, beſorgte Ausgaben klaſſiſcher Bühnenwerke
der Blütezeit (Tirſo de Molina, Lope de Vega, Calderón),
veröffentlichte Studien und Kritiken und verſuchte ſich
ſelbſtändig auf dem durch Samaniego und Iriarte für
Spanien abermals erſchloſſenen Erzählungszweig des
Apologs. Das tiefe Verſenken in frühere Muſter mag
Hartzenbuſch zu ſehr gefangen genommen haben, ſo daß
der Literat und Forſcher dem frei ſchöpfenden Dichter
hinderlich war: der Vorwurf der Unfreiheit blieb Hartzen=
buſch nicht erſpart, aber der Gelehrte hat ſich in Er=
zählung, Lyrik und namentlich in allen Gattungen des
Dramas auch ohne ſklaviſche Rückſicht auf ſeine Vor=
gänger verſucht, und zwar, beſonders in den ſpäteren
Werken, mit bleibendem Erfolge. Die unleugbaren dich=
teriſchen Gaben, das reife Verſtändnis für dramatiſche
Entwicklung, vor allem die gebietende Gewalt, mit der
er, der Sohn eines Deutſchen, die ſpaniſche Sprache in
allen Regiſtern zu beherrſchen wußte*), ohne gegen
Reinheit und Korrektheit zu verſtoßen, glänzen am hellſten
in ſeinem Meiſterwerke „Los amantes de Teruel“,
bei dem er allerdings einen Vorwurf wählte, den ſchon

---

*) Die hohe Formvollendung und der Wohllaut, welcher
ſeine Sprache auszeichnet, entzücken auch bei den Übertragungen
aus dem Deutſchen, deſſen Kenntnis er aus ſeinen Jugendjahren be=
wahrt hatte. Als Beleg diene eine Probe ſeiner Überſetzung von
Schillers „Glocke“, vielleicht eine der ſchönſten, die vorhanden iſt:

„En aquel anhelar tierno incesante
Con aquella esperanza dulce y pura
Vé los cielos abiertos de ventura.
¡Ay!¿ Porque han de pasar tan de ligero
Los bellos dias del amor primero?“

zwei Jahrhunderte vorher Tirso de Molina behandelt
hatte. Dieses Stück verschaffte Hartzenbusch einen Ehren=
platz unter den berühmten Dramatikern seiner Zeit. Die
spanischen Kunstrichter weisen darauf hin, daß Hartzen=
busch zu dieser Höhe gelangte, weil er das Feuer und
die Lebendigkeit des spanischen Geistes mit der süßen
Innigkeit deutschen Fühlens zu vereinen wußte und weil
er, um diese Gaben zu verwerten, eine der dankbarsten
Episoden heranzog, die nur die Volkstradition in ihrem
Schatze bergen kann.

Der angesehenste Rivale unseres Dichters auf dem
Gebiete der dramatischen Dichtung ist Manuel Bretón de
los Herreros (1796—1873). Als führender Neuerer in
einer bestimmten Richtung, sowie durch seine außer=
ordentliche Fruchtbarkeit — er hat mehr als 140 Stücke,
Originale, Bearbeitungen älterer Werke, Übersetzungen
aus dem Französischen und Italienischen auf die Bühne
gebracht — erwarb er sich eine hervorragende Stelle
unter den Schauspieldichtern des 19. Jahrhunderts. Zu=
nächst noch Nachahmer des französischen Stils, suchte er
— so wie Saavedra auf dem Gebiet des heroischen
Dramas — in seinen satirischen Sittenbildern mit den
strengen Regeln und den drei Einheiten der Franzosen
zu brechen. In einem schönen Drama „Muérete y verás"
(„Stirb und du wirst sehen") wirft er alle jene Fesseln
über Bord und stellt spanische Charaktertypen mit be=
wundernswerter Sicherheit auf die Szene. Das Stück
ist bezeichnend für die Richtung, die Bretón und neben
ihm eine Reihe anderer Dichter: Tomas Rodriguez Rubí,
Luiz Eguílaz, Mariano José de Larra, Narciso Serra u. a.
zu Beginn der zweiten spanischen Renaissance einschlugen;
es ist die von Tirso de Molina im 17. Jahrhundert zu
so hoher Vollendung geführte Comedia de costumbres,

9*

de carácter y de intriga, die wieder breiteren Boden auf der spanischen Bühne gewinnt. Entwicklung abstrakter oder realer Probleme, Schule guter Sitten, das war es, was man auf der Bühne sehen wollte. Das Komische und Satirische ist das Gebiet, auf dem sich Bretón mit Leichtigkeit und der bereits gekennzeichneten Unabhängig= keit bewegt, so zwar, daß seine Stücke wirklich Gemeingut wurden: „el menos conocedor de nuestra escena á su recuerdo sonríe" bemerkt Calvo Asensio („El Teatro" 115). Trotz seiner großen Fruchtbarkeit ist jedoch die Erfindung nicht seine stärkste Seite. Am besten gelingen ihm lustige Einakter, in denen er bald auf Zeitereignisse anspielt, bald Szenen aus dem alltäglichen Leben verarbeitet.

Zu den Bühnendichtern, die berufen waren, durch hervorragende Schöpfungen als Vorbilder und Wegweiser für die weitere Entwicklung des spanischen Dramas zu dienen, gehören in erster Reihe Adelardo López de Ayala und Manuel Tamayo y Baus. Der Erstgenannte (1828 bis 1879), politisch vielfach tätig (er war Präsident des Abgeordnetenhauses), kultivierte alle Gattung szenischer Literatur, schrieb unter dem Einfluß der romantischen Tradition noch Ritterdramen, verfaßte sogar Operetten= texte — wirklichen Ruhm hingegen verschafften ihm jene seiner Stücke, in denen er mit großer Treue und vielem Geschick Spiegelbilder zeitgenössischer Sitten lieferte. Eine gewisse ruhig=klare, an die Dichter der besten Zeit ge= mahnende Harmonie künstlerischer Fähigkeiten bewahrte ihn vor Auswüchsen; freilich war ihm auch der große Zug eines Calderón fremd. Bedeutende Dramen Ayalas sind „El tejado de vidrio", „El tanto por ciento" und „Consuelo", besonders die beiden letztgenannten. In „El tanto por ciento" wird der lüsterne Handelsgeist der modernen Gesellschaft gekennzeichnet, die „Consuelo" (man

denkt an den gleichnamigen Roman der George Sand)
ist der Typus einer leichtsinnigen Frau aus den nämlichen
Kreisen. Auf gewissenhafte und eindringliche Beobachtung
zeitgenössischer Verhältnisse und Charakterbilder gründet
sich die natürliche Darstelluug, die seine Sittendramen
auszeichnet.

Tamayo y Baus (1829—1898) gleicht insofern
Ayala, als er weder in die Übertreibungen der Romantiker
verfällt, noch in die sklavische Abhängigkeit der afrancesados. Als echtes Bühnenkind — sein Vater José war
Schauspieler und Theaterdirektor, seine Mutter eine der
gefeiertsten spanischen Schauspielerinnen — machte er
schon in seinen Jugendjahren die Kunstreisen mit, welche
die Truppe seiner Eltern unternahm, erwarb sich nach
und nach seines Verständnis für das auf dem Theater
Wirksame und wurde Bühnenkenner ersten Ranges.
Allerdings blieben ihm auch mannigfache Wandlungen
nicht erspart. Anfangs steckt er noch tief in den Banden
der Romantik: sein erster dramatischer Versuch war eine
Nachahmung von Schillers „Jungfrau von Orleans",
die unter dem Titel „Juana de Arco" 1847 in Madrid
aufgeführt wurde. Seine Tragödie „Virginia" steht
wieder unter dem Einfluß Alfieris. Auch iu Komödien
hat sich Tamayo mit Glück versucht: zu diesen gehört das
vortreffliche Stück „La Bola de Nieve" („Der Schneeball").
Das Meisterwerk seiner zweiten Schaffensperiode ist „Un
drama nuevo", in dem der Ehebruch, damals ein der
Mehrheit des spanischen Publikums widerwärtiges dra=
matisches Motiv, als Grundlage der dramatischen Be=
wegung erscheint; der Vorwurf erinnert an „Kean"
und findet namentlich in dem der späteren „Pagliacci"
einen Nachklang. Von Novelli zum Starstück umgearbeitet,
hat „Un drama nuevo", durch prächtige Schilderungen der

Leidenschaften ausgezeichnet, in italienischem Gewande den Weg über die bedeutendsten Bühnen der Welt genommen.

Nach dem starken Erfolg, den dieses Stück errang, war jedoch Tamayo für die dramatische Kunst Spaniens verloren.*) Da auch Ayala fast vollständig verstummte, blieb das Theater in Händen von Autoren ohne Bedeutung. Damit war der Anlaß zum Entstehen dessen gegeben, was man später die Schule Echegaray genannt hat: eine Art Erwachen aufrührerischen Geistes, das vielleicht mit der jüngsten spanischen Revolution zusammenhängt.

José Echegaray (* 1832) hat den revolutionären Geist auf die Bühne und mit der ebenso reichen wie findigen Technik, über die er gebietet, zum Ausdruck gebracht. Echegaray, von Haus aus Ingenieur, ist Verfasser physikalischer und mathematischer Werke, redegewandter Politiker (er brachte es bis zum Finanzminister) und begeisterter Literat. Es ist, als wenn dieser kaum zu bewältigende Widerstreit von Interessen sich in seinen Stücken widerspiegelte; gleichwohl hat sein durchdringender Verstand über jene wissenschaftlich=politisch=phantastischen Tendenzen die Herrschaft zu erringen gesucht. Echegaray geht als Dramatiker von spekulativer Erforschung des Herzens aus; er bedient sich der Personen seiner Stücke, um gewissen Überzeugungen zum dramatischen Durchbruch zu verhelfen. Den Blick auf einen bestimmten Endzweck gerichtet, bewegt Echegaray seine Symbole von Fleisch und Blut wie der Spieler die Figuren, um das Schach=matt zu erreichen. Seine Dramen sind Schöpfungen

---

*) Cotarelo y Mori, Emilio: D. Manuel Tamayo y Baus, Revista de Archivos III. Ep. II (1898) 289—319 bietet ein anziehendes und sorgsam ausgeführtes Bild des Lebens und Wirkens Tamayos.

der Vernunft und der Reflexion; dramatische Harmonie, Natürlichkeit, echte Poesie werden durch gewaltsame Szenen, überwallende Leidenschaft und tragische Affekte ersetzt. Größtenteils ist es der Ehebruch oder der Konflikt zwischen Vater und Sohn, die Echegaray zum Vorwurf nimmt. Die Schlüsse aus den Vorwürfen, die sich fast schematisch zergliedern lassen, zieht der Rechenkünstler, nicht der Poet; typische Beispiele hierfür sind „El gran Galeoto" („Die große Kupplerin", die Gesellschaft), „Mar sin orillas", „Vida alegre y muerte triste", ferner als eine Entwicklung der Gegensätze: edle Rechtschaffenheit und schimpfliche Verkennung „O locura, ó santidad".[*]

Auch die beiden Dichter, die der moderne Spanier als die ersten Zierden zeitgenössischen Schrifttums bezeichnet, Ramón de Campoamor (1817—1901) und Gaspar Nuñez de Arce (* 1834), haben sich auf dem Gebiete des Dramas betätigt, reicheren Ruhm jedoch durch Schöpfungen auf anderen Gebieten errungen. Aus Campoamors Feder stammen verschiedene Dramen (Dies irae) und Lustspiele (Cuerdos y locos; El honor). Der Dichter hat aber selbst gefühlt, daß sein bestes Können sich nicht auf der Bühne entfalte. Er ist Meister der Kleinkunst, besitzt in bemerkenswertem Maße die Gabe, in kurzen Gedichten tiefsinnige Gedanken, geistreiche Antithesen mit der „amable malicia de sus reticencias"[**]), wohl auch Paradoxa zu häufen und zusammenzudrängen. Er erinnert darin an die Konzeptisten, und wenn er die Gedichtchen, in denen er „ewige, transscendentale" Wahrheiten bergen will,

---

[*] Fastenrath, José Echegaray, Nord und Süd (1887) 293 ff. Zacher, A.: D. José Echegaray, der Verfasser des Galeoto, Berlin, 1892. Viele Stücke sind übersetzt worden, auch ins Teutsche (bei Reclam).

[**] Cotarelo y Mori: Revista Española I, 1901, S. 131.

mit einem Neologismus „Doloras" belegte, so erfand er
nur einen neuen Namen für ein bekanntes, zum Beispiel
bereits von Jorge Manrique gepflegtes Genre.*) Trotz
verschiedener Angriffe, die der Dichter erfuhr, bleibt ihm der
Ruhm, so manches tiefe Weisheitswort in ansprechender
Form mit warmer Empfindung vorgetragen zu haben,
und die große Zahl der Doloras-Nachahmungen zeugt
von dem Ansehen, das der Dichter genoß. Der Skepti-
zismus, der sich (ebenso wie hie und da pessimistische An-
schauung) geltend macht, tritt freilich zu behaglich auf,
um ernst genommen zu werden. Neben der Epopöe Colón
und Fábulas morales y políticas sind seine gelungenen
Novellen und Novelletten in Versen „Pequeños poemas"
zu erwähnen; in ihnen treten die angedeuteten Gaben
gedankenvoller, fein abgerundeter Erzählung am besten
hervor.**)

Auch Nuñez de Arce, der in dem Stücke „El Haz
de Leña" einen historischen Don Carlos auf die Bühne
brachte (wie schon Pérez de Montalban und Diego Ximénez
de Enciso vor ihm), hat, ohne ein bedeutendes dramatisches
Talent zu sein, manche Bühnenerfolge errungen — vor
allem andern aber ist er Lyriker, als solcher durch Quintanas Vermittelung einer der letzten Ausläufer der Salmantiner Schule. Er ist, wie der Sänger der Odas á
España libre, überzeugt von dem bildenden und civili-

---

*) Peseux-Richard, H.: Humoradas, doloras et petits
poèmes de Don Ramon de Campoamor. Revue Hispanique 1
(1894) 236—257.
**) In der Ausgabe: Obras completas (nicht richtig, es
fehlen die Dramen) de D. Ramón de Campoamor, Edición
ilustrada, Barcelona, 1888, 4°, findet man auch einen „Estudio
literario" über den Dichter (von José Verdez Montenegro).
Eine Ausgabe weiterer Dichtungen wurde nach seinem vor
kurzem erfolgten Tode in Aussicht gestellt.

satorischen Beruf der Kunst. Sein männlich kräftiger,
von reicher Phantasie und geistiger Vertiefung zeugender
Sang ertönt am schönsten in den „Gritos de Combate"
(1875), die ihn unter die ersten Lyriker seiner Zeit reihten.
Unbefangene und für einen Spanier bemerkenswert vor-
urteilslose Anschauungsweise offenbart er in der (von
Fastenrath übersetzten) Visión de Fray Martin, in der
Luthers Abfall von Rom geschildert wird.*)

Neben dem Biscayer Antonio Trueba y la Quintana
(1821[?]—1889), der sich durch einen Libro de los cantares den Namen eines Poeta del pueblo, eines spanischen
Béranger, erwarb (übrigens auch in den Cuentos cam-
pesinos durch Einfachheit anmutende Erzählungen aus
seiner Heimat lieferte), ist einer der größten Lyriker, die
Spanien in der zweiten Hälfte des 19. Jahrhunderts
aufzuweisen hat, Gustavo Adolfo Bécquer (1836—1870),
zu nennen, der einer alten, unter Karl V. eingewanderten
deutschen Familie entstammt. Man hat seine Gedichte
(Rimas) mit jenen Heines verglichen, Bécquer den bedeutendsten Schüler des großen deutschen Lyrikers genannt.
Diese Zusammenstellung wird dem eigentlichen Wesen der
Bécquerschen Poesie nicht völlig gerecht. Allerdings schöpft
er ebenso wie der deutsche Sänger aus tiefster Seele,
deren Leben er in mannigfaltigster Weise durchforscht hat
und mit bewundernswerter Klarheit und feinstem poetischem
Gefühl schildert, auch liegt, wie auf Heines Versen, auf
den Rimas des Spaniers der Hauch tiefer Schwermut,
bei Bécquer jedoch tritt an Stelle der beißenden Jronie
und der sarkastischen Spitze glühendste, freilich manchmal
an Mystik streifende Phantasie, deren höchster poetischer

---

*) Bouret, Georges: La poésie lyrique en Espagne.
Gaspar Nuñez de Arce, Paris, 1889. Menéndez y Pelayo:
Estudios críticos I 275 ff.

Ausdruck aber nicht transscendental übertreibt und immer
für empfindendes Verständnis erreichbar wird. Durch
solche Gaben erhebt sich Bécquer zu einem der größten
spanischen Lyriker der neuen Zeit; er steht gerade dem
Deutschen nahe, und seine poetisch wahren Schöpfungen
bilden wohl ein bleibend Gut für alle Zukunft.

Die spanische Prosaerzählung hat im 19. Jahrhundert
eine sehr beachtenswerte Entwicklung aufzuweisen; zu
Beginn dieses Zeitraums zurückgedrängt durch die Lyrik,
durch die patriotische Ode, mehr noch durch das steigende
Interesse für das Theater, schlug sie eine eigenartige
selbständige Richtung ein; das Cervantinische Erbgut ver-
leugnete sich nicht in ursprünglichen und eigenartigen
Schöpfungen. Die bewegten Zeitverhältnisse, die politischen
und sozialen Wirren gaben der heiteren Skizze und be-
obachtenden Satire Stoff und Spielraum. Der früh
verstorbene José de Larra (1809—1837), bekannt unter
dem Namen „Figaro", glänzte mit seinem kaustischen Witz
in politischen Pamphleten und in Aufsätzen über aktuelle
Fragen. Seine Beiträge in Zeitschriften, in denen er
die merkwürdigen Erscheinungen und Gebrechen jener
Zeit einer ebenso strengen wie humorvollen Kritik unter-
zog, bilden eine Sammlung gelungener Proben seiner
satirischen Begabung, an deren Wert Larras Schöpfungen
auf dramatischem und rein novellistischem Felde nicht
heranreichen. Gleichfalls als scharfer Beobachter zeitgenössischer Sitten erweisen sich Ramón Mesonero Ro-
manos, pseud. „El curioso parlante" (1803—1882) in
seinen „Escenas matritenses" und Serafin Estébanez
Calderón („El solitario", 1799—1867). In den Escenas
andaluzas versucht der Letztgenannte — dem sein berühmter Neffe Cánovas ein prächtiges, auch die bedeutenden Fragen jener Zeit beleuchtendes literarisches

Denkmal jetzte*) —, den Stil der satirischen und picaresken Schriftsteller des 17. Jahrhunderts wieder aufleben zu lassen. Cervantes, Quevedo u. a. steuern hier zu einer archaisierenden Sprache bei, und dieser Umstand war auch wohl die Ursache, daß die Cartas, die anziehende Szenen aus dem spanischen Volksleben mit künstlerischer Feinheit darstellen, nicht recht populär wurden. Rauschenden Beifall hat dagegen der jüngste Vertreter der Sitten- und Charakterzeichnung der Gesellschaft — besonders der Aristokratie — Luis Coloma (* 1851, 1874 in den Jesuitenorden eingetreten) mit seinem, auch in Übersetzungen weitverbreiteten Roman „Pequeñeces“ errungen. Der geistliche Beruf hat — wie so oft auf spanischem Boden — die Weltanschauung des Autors nicht eingeengt, sondern vertieft und erweitert. Die hohe Weisheit, die Kraft der Schilderung, die das Buch auszeichnen, auf der einen, die Sucht, die Originale der Konterfeie Colomas zu finden, auf der andern Seite, haben zu dem außerordentlichen Erfolg, den das Werk hatte, beigetragen.

Die Wiedergeburt national-spanischer Prosadichtung knüpft sich an den Namen einer Frau, Cecilia de Arrom (1796—1877), berühmt unter dem Pseudonym Fernán Caballero. Diese hochbegabte Frau aus nichtspanischem Geschlechte — wie Hartzenbusch war sie väterlicherseits deutscher Abkunft, Tochter des auch seinerseits um die spanische Literatur wohlverdienten Nic. Böhl von Faber — besitzt das bleibende Verdienst, zu einer Zeit, da die Träger der spanischen Literatur noch ganz vom französischen Einfluß beherrscht waren, nachdrücklich die Notwendigkeit einer Rückkehr zu echt nationaler Dichtung betont zu

*) Cánovas del Castillo, Antonio: „El solitario“ y su tiempo. Biografía de D. Serafín Estébanez Calderón y crítica de sus obras. Madrid, 1883, 2 Bde.

haben. Zusammen mit dem gleichgesinnten Forscher Agustin
Durán trat sie, vorläufig noch eine Ruferin in der Wüste,
für Calneróns Größe ein und wies auf die Schätze der
spanischen Volkspoesie hin. Ihre ersten Prosadichtungen
(„La Gaviota") waren vielleicht im Auslande bekannter als
in Spanien; ihr beharrliches Wirken in dem angedeuteten
Sinne sah sich aber schließlich doch von Erfolg gekrönt, und
heute wird allgemein anerkannt, daß Fernán Caballeros
Romane einen Wendepunkt in der Geschichte der spanischen
Prosafiktion bilden; solche Bedeutung wurde ihnen, weil
sie, vom nationalen Geist getragen, ein treues, vom
Schleier echter Dichtung umwobenes Abbild der Sitten
und gesellschaftlichen Zustände während des zweiten Drittels
des vergangenen Jahrhunderts bieten. Fernán Caballero
hat jene Gattung der Erzählung geschaffen, die man die
realistische im vornehmen Sinne des Wortes nennen darf; sie
wirkte wegweisend auf einem besonders liebevoll bebauten
Felde — sie ist Schöpferin der spanischen Dorfnovelle
geworden. Hierfür bieten (außer „La Gaviota") die Romane und Novellen „La familia de Alvareda", „Elia",
„Lágrimas", unter den kleineren „Pobre Dolores" höchst
beachtenswerte Belege.*) Unter den Schriftstellern, welche
das von Fernán Caballero mit so viel Erfolg betretene
Gebiet echt nationaler Erzählung pflegten (A. Truebas
Dorfgeschichten wurden schon erwähnt), ist keiner, der sich
an Meisterschaft mit Juan Valera, dem besten zeitgenössischen Erzähler Spaniens (* 1827 in Córdoba),

---

*) Wolf, Ferdinand: Über den realistischen Roman und
das Sittengemälde bei den Spaniern in der neuesten Zeit, mit
besonderer Beziehung auf die Werke von Fernán Caballero.
Jahrbuch für roman. u. german. Philologie, I (1859) 247—297.
Vgl. a. Morel-Fatio, A.: Fernán Caballero d'après sa corre-
spondance avec Antoine de Latour. Bulletin Hispanique.
Juillet—Septembre, Bordeaux, 1901.

vergleichen könnte. Eingehende juridische, philosophische
und literarische Studien, langjährige diplomatische Tätig=
keit in den bedeutendsten Zentren der alten und neuen
Welt haben den Sohn des heißen Südens eine seltene
Abgeklärtheit und Universalität der Auffassung, sowie
staunenswerten Reichtum ebenso gründlichen wie weit=
verzweigten Wissens erwerben lassen, in denen er unter
den lebenden gelehrten Staatsmännern nur Constantin
Nigra als Rivalen besitzt. Weltmännischer Takt und
köstliche Selbstironie verhüllen ansprechend seine Über=
legenheit. Valera hat formvollendete Dichtungen ge=
schaffen, literarische und kritische Aufsätze veröffentlicht,
Bedeutendes in Übersetzungen (auch aus dem Deutschen)
geleistet, seine Hauptstärke aber ruht in der Novelle. In
der „Pepita Jiménez“, einer fast in alle europäischen
Sprachen übersetzten Erzählung, steht die Heldin als echte
Spanierin, wie sie leibt und lebt, vor uns, und der junge,
für den Priesterstand begeisterte Don Luis, der ihrem
Zauber erliegt, verkörpert in wunderbar fein gezeichneten
oder auch nur angedeuteten Zügen den Kampf altspanischen,
mystisch=asketischen Glaubenseifers gegen die moderne
Skepsis; die Fäden entwirren sich schließlich derart, daß
dem reinen, natürlichen Triebe sein Recht wird.

Die hohe Entwicklungsstufe, auf der gegenwärtig die
spanische Prosaerzählung steht, kennzeichnet der Umstand,
daß sich auch neben Valera andere bedeutende Novellisten
mit Erfolg behaupten. José Maria de Pereda, * 1834,
hat in den „Escenas montañesas“ vorzüglich gezeichnete
Sittenbilder aus dem Leben seiner heimatlichen Berge
(er stammt aus Polanco bei Santander) geliefert und
auch das Treiben der Kapitale in psychologisch feinen,
mit Humor gewürzten Schilderungen wiedergegeben.
Von seinen Romanen ist „Sotileza“ erst kürzlich ins

Französische übersetzt worden. Eine begabte und überaus fruchtbare Schriftstellerin ist Emilia Pardo-Bazán (1851 in La Coruña geboren); sie entfaltet eine staunenswerte literarische Tätigkeit, veröffentlichte eine große Anzahl von Studien und Kritiken, die besondere Versiertheit und Kenntnisse auf den verschiedensten Gebieten (nicht bloß auf dem des spanischen Schrifttums) bekunden und sehr beifällig aufgenommen wurden. Am meisten glänzte sie durch ihre Romane und Novellen (Pascual Lope, Madre Naturaleza, Adan y Eva), sämtlich Proben reicher Erfindung und sprudelnder Erzählung, freilich nicht von so gesundem Realismus getragen, wie wir ihn bei Pereda bewundern.

Der historische Roman hat im 19. Jahrhundert seinen ersten nennenswerten Vertreter in Patricio de la Escosura (1807—1878), der, wie so viele treffliche Schriftsteller jener Zeit, aus Listas berühmter Schule hervorging. Mit den historischen Schauspielen seiner jüngeren Jahre (Barbara Blomberg, Don Jaime el Conquistador) drang er nicht durch. Ernstere Studien (er ist u. a. Verfasser des Textes zu dem großen Werke La España artística y monumental) führten ihn auf sein eigentliches Feld, das der historischen Erzählung. In dem Roman „El Patriarca del Valle" schildert er memoirenartig die revolutionären Bewegungen seines Vaterlandes und wird vorbildlich für eine Reihe von Schriftstellern, die bis zu dem bedeutendsten zeitgenössischen Vertreter der Erzählung aus spanischer Vergangenheit, zu Benito Pérez Galdós (* 1845 auf den kanarischen Inseln) führen. Dieser ernst und still schaffende Schriftsteller von stark ausgeprägter Eigenart hat sich auf verschiedenen Gebieten betätigt, außer einigen Jugendwerken die reifen Romane „Doña Perfecta" und „Gloria" geschrieben, und in „La

familia de Leon Roch" den religiösen Konflikten der
Gegenwart seine Aufmerksamkeit zugewendet; sein Haupt=
werk bilden jedoch die bereits zwanzig Bände umfassenden
„Episodios nacionales" mit ihren trefflichen Schilderungen
aus der Zeit der Franzosenkriege und Ferdinand VII.*)
Pérez Galdós ist einer der wenigen unter den spanischen
Erzählern, die — wie auf deutschem Boden Freytag,
Dahn und Ebers — sich der unerläßlichen Vorbedingung
für den historischen Roman, genauester Kenntnis der zu
schildernden Verhältnisse und Durcharbeitung des historischen
Quellenmaterials, bewußt waren. Nicht ohne Schwierig·
keit ist Pérez Galdós von der Erzählung zum Drama
übergegangen. Bei der Aufführung seines Dramas
„Voluntad" (1895) wurde von der Kritik (vergl. Revista
moderna Nr. 85, 137 ff.) bemerkt, daß der Dichter aus
dem Stoffe einen viel wirksameren Roman hätte schaffen
können. Besser gelang ihm die Dramatisierung seines
Romans „Doña Perfecta". In jüngster Zeit hat Pérez
Galdós mit dem vielbesprochenen Drama „Electra" einen
lärmenden Erfolg errungen. Die religiösen und politischen
Kämpfe, welche das Stück hervorrief, haben die unbe=
fangene Würdigung des in einzelnen Szenen wohlge=
lungenen Produktes der Schule Dumas Sohn erschwert,
immerhin auch zur Folge gehabt, daß die cispyrenäische
Kritik dem literarischen Spanien mehr Aufmerksamkeit
zuwendete. Leider war hierbei einem gewissen Teil der=
selben Gelegenheit geboten, bei Beurteilung der spanischen
Literatur eine durch keinerlei Sachkenntnis getrübte
Naivetät an den Tag zu legen.

Neben dem geschriebenen fand auch das gesprochene
Prosawort, die Rede, reiche Pflege und gewann seit dem

---

*) Louis-Lande, L.: Le roman patriotique en Espagne.
Revue des deux mondes. XLVI (1876), 934 ff.

Beginne des 19. Jahrhunderts um so größeren Einfluß, als die bedeutenden politischen Ereignisse und Tagesfragen auf der Tribüne wie auf dem Felde bewegte Erörteruug fanden. Der hervorragend künstlerisch veranlagte spanische Volkscharakter hat sich auch hier offenbart, vielleicht hier vor allem anderen, weil das oratorische Forum leichter und breiteren Massen zugänglich ist, als selbst die Bühne. Auch in der gegenwärtigen ruhigen Zeit bildet eine Rede in den Cortes, in den Akademien, in den zahllosen Ateneos Gegenstand eifrigster Kommentare; die Tagesblätter pflegen, bevor sie auf den Inhalt einer oratorischen Leistung ein= gehen, zuerst ihren künstlerischen Wert zu prüfen und an den neugebotenen Mustern Fragen stilistischer Komposition zu erörtern. Fast scheint es, als ob durch den Wandel der politischen Verhältnisse, durch die Befreiung der Rede aus den Fesseln des Absolutismus, beim spanischen Volke ein altrömisches Erbteil wieder zur Geltung käme. Wenn man Jove=Llanos mit Cicero verglichen hat, so wurde hierbei nicht sowohl die Wertschätzung des verdienten spanischen Staatsmannes übertrieben, als Anlage und Zeitverhältnisse der Männer verkannt. So viel ist aber richtig, daß bei beiden Männern glühender Patriotismus beredtesten Ausdruck fand; Jove=Llanos seinerseits stellt das erste Glied einer Kette spanischer Staatsmänner dar, die durch trefflichen Aufbau ihrer Reden, durch eine auch formell gelungene Erfassung der treibenden Gedanken und Ideen ihre Zuhörerschaft hinrissen, wobei ihnen aller= dings ein Werkzeug zu Gebote stand, das an majestätischem Wohllaut, an üppigem Reichtum, an Spielraum für Bild, Gleichnis und Symbol kaum von einer Weltsprache über= troffen wird. Oratorische Meisterwerke, durch die Donoso Cortés, Joaquin Maria López, P. J. Marques de Pidal, Alcalá Galiano, Antonio Cánovas del Castillo, den man

(übrigens nicht ganz zutreffend) Redner ersten, Staats=
mann zweiten, Schriftsteller dritten Ranges genannt hat*),
Moret y Prendergast und noch so manche andere glänzten,
leiten hinüber zu den vollendetsten Leistungen zeitge=
nössischer spanischer Beredsamkeit, mit denen Emilio
Castelar**) (* 1832 zu Cadix, † 1899) seine Hörer ent=
zückte. Er hat sich den Vorwurf, er sei ein Herkules der
Phrase, sei flüchtig und oberflächlich, ein Windmühlen=
kämpfer für Utopien, gefallen lassen müssen. Niemand,
der ihn gehört, vermochte sich jedoch der Zaubergewalt
seiner Rede zu entziehen. Die angedeuteten Schwächen
Castelars hindern nicht, in ihm einen Mann von weitestem
Horizont zu schätzen. In Gruppierung, Zusammenfassung
und Vergleichung weit auseinanderliegender historischer
Ereignisse und scheinbar grundverschiedener politischer Er=
scheinungen sucht er seinen Meister. Kein spanischer
Patriot wird es dem „Idealisten" vergessen, daß seinem
Wirken und nicht zuletzt seiner oratorischen Begabung
wichtige politische Errungenschaften verdankt werden.

Die spanische Literatur des 19. Jahrhunderts hat
eigenartige Schöpfungen auf dem Gebiete des Dramas,
ganz vollwertige Leistungen auf dem Gebiete der Lyrik
und der Novelle aufzuweisen. Wie beim Sange Bécquer,

---

*) Benoist, Charles: D. Antonio Cánovas del Castillo,
Revue des deux mondes LXVII (1897), Bd. 143, 151ff.
Hübner, Emil: Antonio Cánovas del Castillo als ästhetischer
Schriftsteller, Nord und Süd 43 (1887). 327ff. Pons y Umbert,
Adolfo: Cánovas del Castillo. Madrid, 1901.
**) Baragnac, E.: Un homme d'état espagnol. Emilio
Castelar, Revue des deux mondes LXIX (1899), Bd. 154,
481 ff. In diesem vorzüglichen Nachruf, der Castelar als modernen
Vertreter der seit uralter Zeit in Spanien eingewurzelten demo=
kratischen Gesinnung hinstellt, findet sich auch näheres über das
fruchtbare schriftstellerische Wirken des Staatsmannes.

so ist bei der Erzählung Valera zum Führer berufen.
Dem Weg, den der Meister spanischer Novellistik zeigte,
dem Beispiel, das er gab, indem er heimische, volkstüm=
liche Vorwürfe mit modernen Ideen durchtränkte und in
tadellose Formen goß, werden die Spanier gewiß zu Nutz
und Frommen ihres edlen Schrifttums folgen.

Denn daß eine gedeihliche Fortentwicklung der spa=
nischen Literatur nur auf echt nationalem Boden statt=
finden könne, zeigt ja die tausendjährige Geschichte der=
selben. In Italien hebt die Blüte des Schrifttums mit
den drei glänzenden toskanischen Vertretern an, deren
Größe und Einfluß von keinem Epigonen erreicht wird;
die Geschichte der französischen Literatur scheidet deutlich
zwei Zeitperioden, die nur lose zusammenhängen — die
spanische hingegen zeigt eine starke Kontinuität echt
nationaler Motive. Literarhistorisch wird allerdings der
älteste Heldensang ebenso vergessen wie in Frankreich,
stofflich jedoch nicht so vernachlässigt wie hier, vielmehr
volkstümlich verwertet, und zwar in einer Weise, für die
in der Weltliteratur eine Parallele schwer nachzuweisen
wäre. Das Heldenlied löst sich nicht bloß in Romanzen
auf, sondern findet auch in Prosachroniken eine seinen
epischen Gehalt kaum berührende Verarbeitung. Die
Volksromanzen wieder bilden Muster für kunstmäßige
Nachbildung und erhalten ihre universellste Bedeutung
dadurch, daß das glänzendste Phänomen des spanischen
Schrifttums, das Drama, in Meisterleistungen an ihnen
aufbaut. Bodenständige und volkstümliche Dichtung hat
seit Beginn der spanischen Literatur die schönsten Blüten
getrieben; diese Erkenntnis bildet eine bedeutsame Mah=
nung für ihre heutigen und künftigen Vertreter.

Die literarhiſtoriſchen Studien.

Die Beiſpiele Boehl von Faber und Durán zeigen,
wie verſtändnisvolle Rückſchau auf die ſpaniſche National=
literatur für dieſe ſelbſt fruchtbar werden konnte, be=
weiſen auch, daß zu Beginn des 19. Jahrhunderts gerade
die glänzendſte Periode heimiſchen Schrifttums in Spanien
der Vergeſſenheit anheimgefallen war. Seit dem Er=
ſcheinen der von Pérez Bayer beſorgten Neuausgabe der
Bibliotheca Hispana des Nicolás Antonio (ſiehe oben
S. 115) iſt kein Werk eines ſpaniſchen Forſchers er=
ſchienen, das die geſamte Literatur aus den Quellen
dargeſtellt und die hier ſowie von M. Sarmiento, Veláz=
quez de Velasco, Capmany y de Monpalau und anderen
(vergl. S. 114 f.) gebotenen Anregungen wiſſenſchaftlich ver=
folgt und verwertet hätte. Das zunächſt für Schulzwecke
berechnete Handbuch Gil y Zárates (ſiehe S. 90, Anm. 2)
kann ſolchen Anſprüchen nicht gerecht werden; die groß
angelegte Historia crítica de la Literatura Española von
José Amador de los Rios (1861 ff., 7 Bände) iſt durch
Heranziehung vieler handſchriftlicher, bis dahin unbenutzter
Quellen wertvoll, geht aber mehr in die Breite als in
die Tiefe und iſt eben dadurch, daß die Literaturgeſchichte
der erſten Jahrhunderte unverhältnismäßig weit ausge=
ſponnen wurde, ein (nur bis zur Zeit der katholiſchen
Könige reichender) Torſo geblieben. So exiſtiert tat=
ſächlich keine von einem Spanier verfaßte Geſamt=
darſtellung des nationalen Schrifttums, die auch die
ſpätere Entwicklung (nach 1500) verfolgte.

Einiges Quellenmaterial zu einer ſolchen iſt ſeit
geraumer Zeit zunächſt in den Memorias der Real Academia
de Buenas Letras zu Barcelona (Orígen, progressos rc.
1752 ff.) veröffentlicht worden; gegen Mitte des 19. Jahr=

hunderts macht ſich in hiſtoriſchen und literarhiſtoriſchen
Studien ein kräftiger Zug bemerkbar, und wieder treten
die Akademien, diesmal mit reicheren Mitteln und größeren
Publikationen, auf den Plan. Die Madrider Akademie
der Geſchichte veröffentlichte ſeit 1842 die Colección de
Documentos inéditos para la Historia de España (bis
jetzt ſind 111 Bände erſchienen), ferner ſeit 1851 den
Memorial histórico Español: Colección de documentos,
opúsculos y antigüedades, endlich ſeit 1877 unter dem
Namen Boletín die Reihe ihrer Sitzungsberichte, die (jetzt
vornehmlich unter der Leitung des gelehrten Jeſuiten Fidel
Fita y Colomé) alljährlich regelmäßig erſcheinen und zu
einem wertvollen Repertorium hiſtoriſcher und literariſcher
Forſchung ausgeſtaltet wurden. Eine verdienſtliche Pa=
rallelarbeit zu der Colección de Documentos der Madrider
Akademie bildet die Colección de Documentos inéditos
del Archivo General de la Corona de Aragón, die von
dem gelehrten Vorſtand des Barceloneſer Archivs Próspero
de Bofarull y Mascaró 1847 ins Leben gerufen und von
ſeinem nicht minder arbeitseifrigen Sohne Manuel Bo=
farull y Sartorio bis zum 40. Bande weitergeführt wurde.
Direkt den literargeſchichtlichen Intereſſen dienend, über=
haupt das bedeutendſte Sammelwerk von Ausgaben ſpa=
niſcher Schriftſteller iſt die Biblioteca de autores españoles
desde la formación del lenguaje hasta nuestros dias
(1846—1880, in 71 Bänden), die der Opferwilligkeit
eines ſpaniſchen Verlegers, M. Rivadeneyra, ihr Entſtehen
dankt. Der 71. Band, der die fleißig gearbeiteten Indices
enthält, darf als ein unentbehrliches Hilfsmittel für das
Studium der ſpaniſchen Literatur bezeichnet werden.*) Eine

---

*) Sehr wichtig und für den Bibliographen und Literar-
hiſtoriker in gleicher Weiſe aufſchlußreich ſind ferner die Werke:
Ensayo de una Biblioteca española de libros raros y curiosos,

Art Fortsetzung, welche die Werke der neueren Schrift=
steller in handlichen Ausgaben bietet, ist die Colección de
escritores castellanos, Madrid, 1880 ff. (bis jetzt 123 Bände).
Besondere Ziele verfolgen die Colección de libros españoles
raros ó curiosos, Madrid, 1871 ff. (bis 1895 24 Bände),
die Publikationen der Sociedad de Bibliófilos Españoles,
Madrid, 1866 ff. (2 Serien), der Sociedad de Bibliófilos
Andaluces, Sevilla, 1870 ff., die Libros de antaño,
Madrid, 1872 ff., u. a. m.

Die literarischen Revuen sind zahlreicher und ver=
breiteter, als gemeinhin außerhalb der Pyrenäen ange=
nommen wird. Nach dem Semanario pintoresco español
(Madrid, 1836—1853, 4°) behauptete lange Zeit hin=
durch die Revista de España unter diesen Zeitschriften
durch ansprechende Beiträge literarhistorischen und ge=
schichtlichen Inhalts den ersten Rang (Index hierüber
in Band 108). Kräftigeres Leben entfalten in neuerer
Zeit die Revista contemporánea und insbesondere La
España moderna, an der unter der Leitung José Lázaros
die besten zeitgenössischen Schriftsteller mitarbeiten. Der
ernsten literarhistorischen Forschung dient in hervorragen=
dem Maße die Revista de Archivos, Bibliotecas y Museos.
Organo oficial del cuerpo facultativo del ramo, die als
Fachorgan der Archiv=, Bibliothek= und Museumsbeamten,
namentlich nachdem Marcelino Menéndez y Pelayo ihre
Leitung übernommen hat, sehr brauchbare Beiträge ver=
öffentlicht und sich den bestredigierten ähnlichen Zeit=
schriften des Auslandes ebenbürtig an die Seite stellt.

---

formado con los apuntamientos de D. B. J. Gallardo, coordinados
y aumentados por D. M. R. Zarco del Valle y D. F. Sancho
Ramon, Madrid, 1863—1888, 4 Bde., und der Catálogo biblio-
gráfico y biográfico del teatro antiguo español, Madrid, 1860,
von C. A. de la Barrera.

Neben Originalbeiträgen und Kritiken werden in jüngster Zeit auch Kataloge der bedeutendsten Handschriften= und Urkundendepots Spaniens der Revista einverleibt; so wird von gar manchen bisher unbekannten literarischen Schätzen Kunde gegeben. Die im Jahre 1896 gegründete und vornehmlich der Bücherbesprechung gewidmete Revista crítica de historia y literatura españolas, portuguesas é hispano-americanas hat nach sehr beachtenswerten Anfängen merklich nachgelassen; von der von Emilio Cotarelo y Mori ins Leben gerufenen Revista española de literatura, historia y arte mit Originalaufsätzen, Kopien alter Texte, und einer fortlaufenden Theaterkritik, welche die Hauptereignisse der zeitgenössischen spanischen Bühne in knappen Berichten festhielt, ist leider nur ein Jahrgang (1901) erschienen.

Dem Auslande fast ganz unbekannt ist die große, von den spanischen Provinzzentren auf dem Gebiete des Zeitschriftenwesens entfaltete Regsamkeit. Es ließen sich mit Leichtigkeit mehrere Dutzend solcher Regionalrevuen aufzählen, die zum Teil sehr bemerkenswerte Beiträge zur spanischen Literaturgeschichte liefern. Als Beispiele seien hier nur die Revista de la Asociación artístico-arqueológica de Barcelona, die Revista de Menorca, R. de Toledo und die R. de Extremadura (Cáceres) erwähnt, sämtlich mit Beiträgen, die so manche von den gewöhnlichen Forschungswegen weit abliegende Quellenmaterialien verwerten.

Unter den für die spanische Literaturforschung maßgebend gewordenen Einzelpublikationen reihen sich — zeitlich in ziemlichem Abstande — nach der bereits wiederholt zitierten Colección de poesías castellanas anteriores al siglo XV. die Tomás Antonio Sánchez zu Madrid 1779—1790 in 4 Bänden herausgab, die Edition des Cancionero de Baena durch den Marqués de Pidal (mit lichtvoller Einleitung über die Anfänge der spanischen

Kunstlyrik, Madrid, 1851), ferner die kritische Ausgabe der Obras des Marqués de Santillana*) durch Amador de los Rios, Madrid, 1852, an. Ein bahnbrechendes Werk über den ältesten spanischen Heldensang lieferte der gelehrte Catalane Manuel Milá y Fontanals in den unter dem Titel: De la poesía heróico-popular castellana (Barcelona, 1876) veröffentlichten Studien. Auch auf anderen Gebieten, so auf dem der spanischen Kunstlyrik, hat der treffliche Forscher verdienstvoll gearbeitet. Seine zahlreichen, an deutsche Gründlichkeit mahnenden Unter= suchungen findet man jetzt in den Obras completas (Barcelona, 1888 ff., 8 Bände) zusammengestellt.

Der bedeutendste Schüler Milás und der erste zeitgenössische Literarhistoriker Spaniens ist Marcelino Menéndez y Pelayo. 1856 geboren, hat er bereits als Zweiundzwanzigjähriger durch das von staunenswertem Wissen zeugende Werk „La ciencia española" (f. Bd. I, S. 41) allgemeine Aufmerksamkeit auf sich gelenkt. In der groß angelegten Historia de los heterodoxos españoles (2. Aufl. 1888—1891, 3 Bände) hat er sich als gründlicher Kenner spanischer Kirchengeschichte, in der (leider unvollendeten) Historia de las ideas estéticas als feinsinniger Richter der philosophisch=ästhetischen Strömungen, die in der Kultur= und Literaturgeschichte maßgebend waren, erwiesen. Die von dem ausgezeichneten Gelehrten veröffentlichte Antología de poetas líricos castellanos, jetzt bis zum zehnten Bande (1900) gediehen, ist außerhalb Spaniens und namentlich in Deutschland lange nicht verdientermaßen

---

*) Die mustergültige Quevedo=Edition von Aureliano Fernández Guerra (f. o. S. 100), wie die treffliche Publikation des Romancero general von Durán und die Ausgabe der Libros de caballería und der Gran conquista de Ultramar von Pascual de Gayangos sind in der Biblioteca Rivadeneyra erschienen.

bekannt, vielleicht, weil der Titel gerade das Wertvollſte
der Publikation verſchweigt — die Einleitungen, die bei
manchen Bänden auch räumlich den überwiegenden Teil
des Inhalts ausmachen. Von dieſem Werke hat auszu=
gehen, wer immer ſich über die mittelalterliche Literatur
quellenmäßig unterrichten will: der Herausgeber hat in
dieſen ſo anſpruchslos auftretenden Darſtellungen die
Summe jahrzehntelanger überaus fruchtbarer Tätigkeit
gezogen. Abgeſehen von einer größeren Zahl ſelbſtändiger
Werke (unter dieſen z. B. die Studie: Horacio en España),
hat ſich Menéndez y Pelayo als Meiſter der Edition und
Interpretation bei ſeiner großartigen, unter der Ägide
der Academia Española veröffentlichten Ausgabe der Werke
Lope de Vegas bewährt (ſiehe oben S. 69). Können
die hohen Verdienſte dieſes Mannes noch durch eine
andere Seite ſeines Schaffens vermehrt werden, ſo ge=
ſchieht dies durch ſein Wirken als Kritiker. „Siguiendo
el consejo y el ejemplo del gran Leibnitz, en todo libro
que cae en mis manos busco primeramente lo que puede
serme útil y no lo que puedo reprender“, ſagt er in
einem ſeiner Referate (La España Moderna VI, 1894,
LXII, 141); den Vorteil einzuſehen, den bei Handhabung
der Kritik kleinliches Nörgeln oder gar perſönliche An=
griffe bringen, will er den Rezenſenten anderer Kultur=
völker überlaſſen. Solche Übung des literariſchen Richter=
amts, die lebhaft an die kritiſche Methode erinnert, welche
die Begründer der romaniſchen Philologie, Friedrich Diez
und Ferdinand Wolf, handhabten, hat nicht verfehlt,
gerade unter der jüngeren Generation der Literarhiſtoriker
Spaniens ermunternd und befruchtend zu wirken; ſo ge=
lang es Menéndez y Pelayo, direkt und indirekt Schule
zu machen und einen Stab von Mitarbeitern um ſich zu
verſammeln, auf die er mit Recht ſtolz ſein kann. Aus

diefem Kreife ift zunächst Antonio Paz y Mélia zu nennen,
der gegenwärtige Chef des Manuffriptendepartements der
Nationalbibliothek, einer der gründlichften Kenner des
fpanifchen Handfchriftenwefens und der nationalen Literatur
überhaupt. Ihm verdankt man außer trefflichen Ausgaben
der Werke des Robriguez del Padrón und des Cancionero
des Gomez Manrique das prächtige Buch der „Sales
Españolas" (Madrid, 1890), das auf einem beftimmten
Gebiet die fehr wertvollen folfloriftifchen Sammlungen
von José Maria Sbarbi: El Refranero General español,
parte recopilado, y parte compuesto (Madrid, 1874 bis
1878, 10 Bände) und von Francisco Robriguez Marin:
Cantos populares españoles, recogidos, ordenados é ilu-
strados (Sevilla, 1882—1883, 5 Bände) ergänzt. Vor=
züglich bewandert in der Gefchichte des älteren wie des
neueren fpanifchen Theaters ift der gleichfalls bereits mehr=
fach genannte Emilio Cotarelo y Mori (S. 8, 118, 120).
Dem älteren fpanifchen Schrifttum, namentlich dem Helden=
lied und der Chronikenliteratur, ift ein ebenfo tüchtiger als
erfolgreich tätiger Erforfcher in Ramón Menéndez Pidal er=
ftanden (Bd. I, S. 107, 126). A. Cueto, Marqués de Valmar
(† 1901) ift der Verfaffer einer mühereichen Spezialftudie
über die Dichter des 18. Jahrhunderts; er ift es auch, dem
die Hauptfammelarbeit bei der Ausgabe der Cantigas de
Santa Maria Alfons X. des Weifen zukam (Bd. I, S. 113).
Der Auguftiner Francisco Blanco Garcia hat in feinem
dreibändigen Werke „La literatura española en el siglo XIX"
(Madrid, 1891—1896) das Schrifttum des letzten Jahr=
hunderts eingehend, aber auch etwas einfeitig dargeftellt.

Fruchtbare Tätigkeit auf dem Gebiete der Gefchichte
fpanifcher Sprachforfchung entfaltete der Conde de la
Viñaza. Seine Biblioteca histórica de la filología castellana
(Madrid, 1893) bietet ein äußerft reichhaltiges Repertorium

der Schriften, die ſich auf ſpaniſche Grammatik und Sprach=
geſchichte beziehen. Der hervorragendſte zeitgenöſſiſche
Kenner der ſpaniſchen Sprache iſt aber R. J. Cuervo,
der in ſeinen Diccionario de construcción y régimen de
la lengua castellana (1887f.) die weitaus bedeutendſte
lexikaliſche Arbeit, die Spanien aufzuweiſen hat, begann.

Die innigen Wechſelbeziehungen zwiſchen Spanien
und Frankreich haben es bewirkt, daß bald nach den
Napoleoniſchen Kriegen in dieſem Lande nicht bloß die
politiſchen, ſondern auch die literariſchen Bewegungen
aufmerkſam verfolgt wurden, wofür z. B. die älteſten
Bände der Revue des deux mondes beredte Belege bilden.
Schon verhältnismäßig früh (1840) hat Eugenio de Ochoa
einen Katalog der ſpaniſchen Manuſkripte der Pariſer
Nationalbibliothek veröffentlicht und hierdurch, noch mehr
durch einige brauchbare ſpaniſche Anthologien (nach dem
Vorgange Juan Maria Maurys, deſſen Espagne poétique
bereits 1826 zu Paris erſchien, aber vorwiegend Über=
ſetzungen bot) auf die Schätze der ſpaniſchen Literatur
aufmerkſam gemacht. Bald darauf bezog der bedeutendſte
zeitgenöſſiſche Literaturhiſtoriker Frankreichs, Gaſton Paris,
auch das ſpaniſche Schrifttum in ſeine anregenden und
lichtvollen Studien ein (Bd. I, S. 117, II, S. 39). Faſt
ausſchließlich und mit glänzendem Erfolge widmete ſich
dieſem Fache Alfred Morel=Fatio, der mit gründlicher
Beherrſchung der Sprache eindringliche Kenntnis der
literar= und kulturhiſtoriſchen Entwicklung Spaniens ver=
einigt. Er hat neben E. Mérimée weſentlich dazu bei=
getragen, daß die Hiſpaniologie in Frankreich hohen Auf=
ſchwung nahm. Im Jahre 1854 urteilte Saint=René
Taillandier, daß „in dem savant concours sur les destinés
intellectuels d'Espagne Deutſchland den erſten Rang
durch die Zahl der Publikationen und Bedeutung ſeiner

wiſſenſchaftlichen Entdeckungen einnehme, Frankreich jedoch
dieſem Lande durch goût, intelligence, érudition ingénieuse
et philosophique die Vorherrſchaft ſtreitig mache". (Revue
des deux mondes, VIII, 282.) Seitdem ſcheint nun tat=
ſächlich Frankreich die Führerrolle auf dieſem Forſchungs=
gebiet zu behaupten. Ihm widmen ſich zwei franzöſiſche Zeit=
ſchriften, die von Foulché=Delboſc herausgegebene Revue
Hispanique (Band VIII, 1901), die eine große Zahl ſtreng
wiſſenſchaftlich gehaltener Aufſätze und Kritiken veröffentlicht,
ſowie das ſeit 1899 erſcheinende Bulletin Hispanique, in
deſſen Redaktion ſich E. Mérimée, P. Paris und G. Cirot
teilen. Ein beſonderer Aufſchwung darf aus dem Grunde
erwartet werden, weil die dortige Unterrichtsverwaltung im
Sinne einer von E. Mérimée in ſeiner Quevedoſtudie (Einl.
S. II) geltend gemachten Forderung ſeit einiger Zeit dem
Studium der ſpaniſchen Sprache erhöhte Aufmerkſamkeit
widmet, und an den Hochſchulen einzelne Lehrſtühle ſpeziell
für ſpaniſche Sprache und Literatur errichtet werden. Eine
Sammelſtätte für die Publikation ſprachlicher und litera=
riſcher Studien, die Spanien betreffen, ſoll auch die kürzlich
ins Leben gerufene Bibliothèque Espagnole bilden.*)

Die ſpaniſchen Studien in Deutſchland und Öſter=
reich gehen auf Herder und die Romantiker zurück.**)
Der berühmte Herausgeber der „Volkslieder" hat durch
ſeine geniale Verdolmetſchung der Cidromanzen auf den
Wert der epiſchen Poeſie Spaniens aufmerkſam ge=
macht, die Brüder Schlegel haben — nach Leſſing —

---

*) Soeben erſchienen die beiden erſten Bände: Morel-
Fatio, A.: Ambrosio de Salazar et l'étude de l'espagnol en
France sous Louis XIII., und Rouanet, L.: Une comédie
diabolique de l'ancien théâtre espagnol.
**) Zu dem Folgenden vergl. u. a. Ebert, Adolf: Literariſche
Wechſelwirkung Spaniens und Deutſchlands. Teutſche Viertel-
jahrsſchrift 1857, Nr. 2.

auf die hohe Schönheit der ſpaniſchen Bühnenwerke hin=
gewieſen. Eligius Freiherr von Münch=Bellinghauſen,
bekannt unter dem Namen Friedr. Halm, war einer der
erſten, der auf die Quellenwerke ſpaniſcher Bühnenſtücke
durch ſeine methodiſchen (bibliographiſchen wie literariſchen)
Studien hinwies.*) An der Seite des Genannten wirkte
lange Jahre hindurch der eigentliche Begründer der wiſſen=
ſchaftlichen Studien auf dem Gebiete ſpaniſcher Literatur=
geſchichte in Deutſchland, Ferdinand Joſef Wolf (* in
Wien 1796, † ebendaſelbſt 1866). Die wichtigſten Er=
gebniſſe ſeiner langjährigen Arbeiten auf dieſem Felde ſind
in den heute noch klaſſiſchen „Studien" (S. 32, 38, 66 u. ö.)
niedergelegt. Ferner haben die Altmeiſter der romaniſchen
Philologie, Friedrich Diez (Bonn), Adolf Muſſafia (Wien)
und Hugo Schuchardt (Graz), ſowie der allkundige Rein=
hold Köhler (vergl. jetzt die kleineren Schriften, beſonders
Band 2 und 3), bei ihren auf das Geſamtgebiet der
romaniſchen Sprachen und Literaturen gerichteten For=
ſchungen gelegentlich auch das Spaniſche berückſichtigt und
wegweiſende Unterſuchungen auf dieſem Felde veröffent=
licht. Literarhiſtoriſche Forſchungen auf unſerem Gebiete
mit glänzender dichteriſcher Interpretation verbanden in der
erſten Hälfte des 19. Jahrhunderts neben Herder und den
beiden Schlegel noch Jak. Grimm, Tieck; ihnen reihten ſich
Geibel, Schack und Heyſe an; ferner wußten F. J. Bertuch,
J. F. Keil, G. W. V. Schmidt, V. A. Huber, Ludwig Clarus,
Nic. Heinr. Julius, Karl Stahr und Herm. Knuſt durch
Abhandlungen, Überſetzungen und Ausgaben fördernd auf
die ſpaniſchen Studien in Deutſchland zu wirken. Ludwig
G. Lemckes Anthologie: „Handbuch der ſpaniſchen Literatur"
(Leipzig 1855) vermittelte lange Zeit hindurch die Kunde

---

*) Über die älteren Sammlungen ſpaniſcher Dramen,
Wien, 1852.

von Musterstücken spanischer Literatur; Eduard Böhmers von genauester Kenntnis der spanischen Reformationszeit zeugende Publikationen haben über eine auch literarisch bedeutsame Epoche spanischer Kulturgeschichte helles Licht verbreitet. Des Grafen Schack Meisterwerk über das spanische Drama, 1845—1846 erschienen, ist heute noch maßgebend.

Wolfs Mitarbeiter bei der Herausgabe der Flor y Primavera de Romances, Conrad Hoffmann, verstand es, als akademischer Lehrer für die Erforschung spanischen Schrifttums Schule zu machen; sein ausgezeichneter Schüler Gottfried Baist darf unter den Zeitgenossen als einer der gründlichsten Kenner spanischen Schrifttums und spanischer Sprache bezeichnet werden. Ihm an Bedeutung zur Seite stehend, hat Julius Cornu (Graz) verschiedene sorgsam erwogene Studien über die ältere spanische Sprache und namentlich über das Poema del Cid veröffentlicht. Karl Vollmöllers die Romanzen- und Liederbücher betreffenden Studien und Ausgaben, Arturo Farinellis Aufsätze über die literarischen Wechselbeziehungen zwischen Spanien und Deutschland, ferner die Dramenstudien von A. L. Stiefel und Engelbert Günthner sind sämtlich wertvolle Beiträge zur spanischen Literaturgeschichte. Ein ebenso begeisterter als opferwilliger Mittler zwischen spanischem und deutschem Geistesleben, Johannes Fastenrath (Köln), entwickelt eine umfangreiche Übersetzungstätigkeit. Bedeutungsvoll für die Kenntnis spanischer Buchdruckgeschichte sind die zahlreichen Untersuchungen Conrad Haeblers (München, s. S. 6, Anm. 1), geworden; sie sind berufen, die Werke älterer spanischer Bibliographen, Francisco Méndez und Dionisio Hidalgo, in gründlicher Weise zu ergänzen. Als deutsche Pioniere der Hispaniologie wirken in fernen Landen Friedrich Hanssen (Santiago de Chile), der schätzbare Beiträge zur

ſpaniſchen Grammatik und Metrik veröffentlichte, Hugo
Albert Rennert (Philadelphia, vergl. S. 16), vor allem
Carolina Michaëlis de Vasconcellos (Porto, S. 34, 94 u. ö.),
eine ſeltene Frau, die mit dem ihrem Geſchlechte eigenen
feinen Empfinden ſtaunenswerte Gelehrſamkeit und ge=
ſchulten philologiſchen Scharfblick vereint.

Ziemlich tiefgehend iſt das Intereſſe der Engländer
und Amerikaner an dem ſpaniſchen Schrifttum: beſonders
erfreulich iſt es, daß nach und nach ein gewiſſer einſeitiger
Standpunkt, als deſſen Vertreter Thomas Buckle bezeichnet
werden darf, aufgegeben wird, und eine objektive Würdi=
gung ſpaniſchen Geiſteslebens Platz greift. Prescott hat
in ſeiner Geſchichte der katholiſchen Könige auch den
literarhiſtoriſchen Erſcheinungen jener reichbewegten Zeit
Aufmerkſamkeit geſchenkt; zahlreiche Arbeiten engliſcher
Schriftſteller handeln über die religiöſe Bewegung in
Spanien, und brauchbare Geſamtdarſtellungen der ſpa=
niſchen Literaturgeſchichte haben Butler Clarke und
Fitzmaurice=Kelly, ein verdienter Cervantesforſcher, ver=
öffentlicht. Sehr bezeichnend iſt der Umſtand, daß die
ausführlichſte Geſamtdarſtellung des ſpaniſchen Schrift=
tums einem Amerikaner, George Ticknor, verdankt wird.

Fügen wir noch hinzu, daß in Italien tüchtige Forſcher,
wie A. Reſtori, Cesare de Lollis, Benedetto Croce, Egidio
Gorra, dem ſpaniſchen Schrifttum ihre Tätigkeit zuwenden,
daß auch im Norden die Hispaniologie in Eduard Libforß
und Fr. A. Wulff wiſſenſchaftliche Vertreter gefunden, ſo
ergibt ſich ein erfreuliches Geſamtbild der unſerem Gegen=
ſtande zugewendeten Forſchung, das die zunächſt berufenen
Arbeiter auf dieſem Felde, die Spanier, zu weiterer Tätigkeit
ermuntern darf. Auch mit Rückſicht auf das eigentliche
literariſche Schaffen iſt hier verſtändnisvolle und ſorgſame
Rückſchau die beſte Gewähr für frohen Fortſchritt.

Bibliographischer Anhang.

I. Von Juan II. bis zu den Habsburgern.

Außer dem S. 5 Anm. angeführten Werk Puymaigres sind die Darstellungen von Menéndez y Pelayo in der Antología de Poetas Castellanos, und zwar Bd. V., Prólogo, Cap. II—VII, S. XXVII—CCCVI (Villena; Pérez de Guzmán; Lopez de Mendoza; Juan de Mena; Juan Rodriguez Padrón und Diego de Valera; Sängerkreis unter Alfons V.) die wichtigsten Beiträge zur Kenntnis der spanischen Literatur unter Juan I. und für die Forschung maßgebend. — In Ermangelung eines Werkes, welches die nach der Zeit Enrique IV. doppelt rege aufblebende literarische Bewegung unter den katholischen Königen zusammenfassend darstellte und die einschlägigen Abschnitte der veralteten History of the Reign of Ferdinand and Isabella the Catholic of Spain (London, 1838, 3 Bde.) von William H. Prescott nach dem heutigen Stande der Forschung ergänzte, sind wieder die Einleitungen zur Antología zu Rate zu ziehen, und zwar zunächst Bd. VI, Prólogo, Cap. I—VI, S. CLXI ff. (Poesía política en tiempo de Enrique IV.; Montoro; Alvarez Gato; Gómez und Jorge Manrique; Pedro Guillén de Segoria) und besonders Cap. VII—IX, S. CLXII—CCXC (Cuadro general de la cultura española en tiempo de los Reyes Católicos; Poesía religiosa und Poesía narrativa y alegórica del tiempo de los Reyes Católicos), endlich Bd. VII (Juan del Enzina). In unseren Anmerkungen zum Texte sind die wichtigsten Spezialpublikationen verzeichnet; eine ziemlich vollständige Zusammenstellung derselben für diesen Zeitraum findet man in der spanischen Ausgabe der Literaturgeschichte von Fitzmaurice-Kelly (vergl. Bd. I, Bibliogr. Anhang), S. 560—566.

II. Die Blütezeit unter den Habsburgern.

Eine Gesamtdarstellung der literarischen Erscheinungen während der Blütezeit des spanischen Schrifttums fehlt bis jetzt. Der Versuch von Baumstark, Reinhold: Die spanische Nationalliteratur im Zeitalter der habsburgischen Könige, Köln, 1877 (Görres-Gesellschaft zur Pflege der Wissenschaft im katholischen Deutschland) gibt zwar in einzelnen Teilen das Wissenswerteste,

wird aber, abgesehen davon, daß wir es mit einer Tendenz=
schrift zu tun haben, der Größe der Aufgabe nicht gerecht.
Wichtiges einschlägiges Material bietet Morel=Fatio, Alfred,
in seinen Werken: Études sur l'Espagne, Paris, 1888 (Bd. I
in 2. Auflage, Paris, 1895) und L'Espagne au XVIᵉ et au
XVIIᵉ siècle. Documents historiques et littéraires publiés
et annotés, Heilbronn, 1878. Ferner liefert hierher gehörige
Nachweise Schneider, Adam: Spaniens Anteil an der deutschen
Literatur des 16. und 17. Jahrhunderts, Straßburg i. E., 1898.

III. Der Verfall.

Cueto, Marqués de Valmar, Leopoldo Augusto de: Historia
crítica de la poesía castellana en el siglo XVIII.
Tercera edición. Madrid, 1893. 3 Bde. (Colección de
escritores castellanos.)

Sempere y Guarinos, Juan: Ensayo de una biblioteca
española de los mejores escritores del reynado de
Cárlos III., Madrid, 1785—1789, 6 Bde., bietet eine schätz=
bare Sammlung von Biographien von Vertretern der Literatur
unter besonderer Berücksichtigung der gelehrten Forscher.
Heute noch in kulturgeschichtlicher Beziehung von Wert ist
das in deutscher Übersetzung zugängliche Werk desselben Verfassers: Betrachtungen über die Ursachen der Größe und des
Verfalls der spanischen Monarchie, übersetzt von H. Schäfer.
Darmstadt, 1828. 2 Bde. (Der 2. Teil behandelt das
18. Jahrhundert.

Eine gute Schilderung der literarischen Bewegung in der
zweiten Hälfte des 18. Jahrhunderts (mit vielen dokumentarischen
Belegen) gibt Cotarelo y Mori, Emilio: Iriarte y su época.
Madrid, 1897. 4°.

IV. Das 19. Jahrhundert.

Blanco García, Francisco: La literatura española el en
siglo XIX. Madrid, 1891—1896. 3 Bde.

Diercks, Gustav: Das moderne Geistesleben Spaniens. Leipzig,
1883. (Inhaltsreich, aber gerade im Literaturabschnitt schwach.)

Tannenberg, Boris de: La poésie castillane contempo-
raine. Paris, 1892.

Autores dramáticos contemporáneos y joyas del teatro
español del siglo XIX (mit gehaltvoller Vorrede von
Antonio Cánovas del Castillo). Madrid, 1882. 2 Bde.

Verzeichnis
der Autorennamen und anonymen Schriften.